# 无岸旅人

荆方 著

娑婆海，浩渺无岸。轮回业，苦旅绵延。

南方日报出版社
NANFANG DAILY PRESS
中国·广州

## 图书在版编目（CIP）数据

无岸旅人 / 荆方著. — 广州 ： 南方日报出版社, 2015.6
ISBN 978-7-5491-1269-2

Ⅰ. ①无… Ⅱ. ①荆… Ⅲ. ①长篇小说－中国－当代 Ⅳ. ①I247.5

中国版本图书馆 CIP 数据核字(2015)第 064321 号

WUAN LÜREN
无岸旅人

著　　者：荆方
出版发行：南方日报出版社
地　　址：广州市广州大道中 289 号
责任编辑：刘志一
责任技编：王　兰
责任校对：阮昌汉　王　燕
经　　销：全国新华书店
印　　刷：广州市怡升印刷有限公司
开　　本：889mm×1194mm　1/16
印　　张：14.75
字　　数：250 千字
版　　次：2015 年 6 月第 1 版
印　　次：2015 年 6 月第 1 次印刷
定　　价：35.00 元

投稿热线：（020）87373998-8503　读者热线：（020）87373998-8502

网址：http://www.nanfangdaily.com.cn/press　http://www.southcn.com/ebook

# 自序

忘了是在哪里看到过一句话：如果生活是一部电影，它就是一部悬疑片。

乐观的人会认为生活是一部喜剧；悲观的人认为生活是一部悲剧；哲人认为生活是一部史诗；而我认为生活就是猝不及防抛过来的那个花皮小包袱，无论包袱里是什么，你都要稳稳地接住，打开，认真体会命运抛给你的一切欢喜、悲伤、平淡和寂寞。这一个个内容不明的小包袱，贯穿我们的童年、青年、老年直至死亡，不到最后一刻，谁也不知道下一个小包袱将会带来什么。

在《阅微草堂笔记》这部书里，神、鬼、人、畜、妖杂居在共同的空间，在貌似平静的日子里，隐藏着一个云诡波谲的娑婆世界。它的故事往往这样开头："夜或闻楼上吟哦声，知乃狐，弗讶也。及兰坡移家，狐亦他徙。（夜里经常听见楼上吟诵诗句的声音，知道是狐仙，并不惊讶。等到搬家时，狐仙也搬到别处去了。）"在这部书里，六道轮回盘根错节，各种生灵以犬牙交错的形式紧密纠缠，你中有我，我中有你。在无边无际的时间和空间里，命与命息息相关，劫与劫环环相扣，与其说是耸人听闻的鬼小说，不如说是对生命真相更为深邃、广袤的探索。

《无岸旅人》取材于《阅微草堂笔记》，整本书由八个独立的故事构成。身为《四库全书》的总编纂、文坛泰斗和学界领袖，纪昀先生不屑于《聊斋志异》的"才子之笔"，他要的是"著书者之笔"，因此，《阅微草堂笔记》文风简淡，叙事质朴，没有多余的辞藻和哗众取宠的铺陈，给人一种于无声处听惊雷的骇然和震撼。但这种文风对于年轻读者来说稍显晦涩，给阅读理解带来一定困难。我在高中就初读此书，但因为费劲的文白翻译，对内容的欣赏大打折扣，对书中的精彩不能解读。及至年龄稍长，再次阅读，才发觉纪晓岚先生深藏不露的寓意。从此欲罢不能，并下决心将此书重新诠释，用我能驾驭的方式将此书的精彩展现给大家。

《无岸旅人》汲取了《阅微草堂笔记》的故事精髓，对原著故事进行大胆的扩展和丰富，在趣味上保持纪先生原文的面貌，在精神上忠实于原著劝诫和教化的内涵，使之成为一个个曲折诡异，令人荡气回肠、掩卷沉思的新故事。更配上手绘插图，用古朴的中国画白描形式，勾勒出几百年前的时空里曾经发生过的老故事，带领读者去触摸那些原汁原味的人和物。

情不重不生娑婆，爱不深不坠轮回。也许有人觉得《无岸旅人》惊悚、离奇，但细究深想之后，你会发现远远比不上生活本身的荒诞。当我们接过命运抛来的最后一个小包袱，我们才恍然明白此生的演出是悲是喜。走上往生之旅，无人知道下一站是天堂还是地狱，抑或是另一场忽喜忽悲的演出。娑婆海，浩渺无岸。轮回业，苦旅绵延。

# 目录

# 芦花劫

这个女人周身似乎透出一股寒气，这寒气时而让他着魔，
时而让他心悸，他从来捉摸不透这个女人在想什么。

# 芦花劫

在河北白洋淀附近有个夏河村，村里有一位德高望重的老儒生，名叫张清举。张清举原是保定府大户人家的子弟，家道中落，贫困无依，一家人辗转到这个村子里落户，就住在村头一个破败的小院子里。张清举虽一生没考取任何功名，但他品行孤傲，洁身自好，他和老婆两人带着一个女儿和两个儿子靠编苇席为生。虽是清贫，也其乐融融。

同村里住着大地主胡善志，胡善志乐善好施，平时村子里有啥修桥补路的事，他都慷慨解囊，从没二话。虽然是十里八乡的首富，但他从没做过仗势欺人的事情，在同乡中口碑极好。

有一天，胡善志出村办事，路过村头张清举的院子，猛然看到院子里的少女张宁兰，他当场就愣住了，他从没想到在自己村里竟然住着这样一位仙女。

宁兰是张清举的大女儿，今年十五岁，此刻正坐在自家院子里编苇席。那铺满一院子的芦苇，闪着乳白的银光，像反射着阳光的片片云彩，在云彩的中央，端坐着一个粉妆玉砌的小人儿。她身穿一件秋香色碎花小衫，外罩一件月白色比甲，一双兰花指飞快地上下翻动，一条条纤白的芦苇条在她手里迅速织成纹路细密的苇席，苇席从她的手中蔓延到脚下，渐渐延展开去，铺满了院子。她的两个小弟弟手里举着芦苇花，在院子里追逐嬉戏，蒲公英一样的芦苇花随风飘舞，落在宁兰的发簪上、衣襟上，像淡白的飞雪，把胡善志的心深深掩埋了。

胡善志突然觉得自己三十多年的人生，在遇到宁兰之前竟然是一片空白。

胡善志回家后就病了，在病中他做了一个决定：此生绝不错过宁兰。但是仔细一想他立刻陷入绝望：宁兰的父亲张清举，是远近闻名的迂腐儒生，他绝不会把自己的女儿嫁给别人做妾。而胡善志已经三十一岁了，娶了一大一小两房妻妾，生了一男一女两个孩子。在这种情况下去提亲，必定被驳回，毫无成功的可能。

夏河村一直没有私塾，村里的学龄儿童都结伴去邻村私塾上课，只有胡善志家自己请了一位先生，教胡家公子和本家几个亲戚的孩子读书。胡善志决定在村里建一个私塾。他辞退了自家的先生，径直走进村头那座破败的小院子，找到老儒生张清举，请他出山做村里的私塾先生。张清举做先生的这个私塾，不但胡善志的儿子能入读，张清举的儿子和村里所有适龄儿童都可以入读，而付给私塾先生的费用，则由他胡善志一个人承担。

张清举听了这个建议既高兴又惶恐，他担心自己教不好孩子们，辜负了胡善志的一番好意。但胡善志好言鼓励，使他打消了顾虑，教书育人本来就是每个儒生的梦想，张清举略微踌躇就答应了胡善志。

私塾就设在胡善志自家的祠堂里。从此，村里的孩子们都在胡家的祠堂里出出进进了，胡家祠堂一下子变得非常热闹，胡善志的妻妾对此举非常不满，她们不明白胡善志为什么要把这么多野孩子弄到家里来。只有胡善志知道自己此举的目的——私塾开课第五天，他就看到了来给弟弟们送饭的宁兰。虽然只是惊鸿一瞥，但胡善志的心像灌饱了蜜酒一样晕晕地甜了半天。

张清举的父母在定居夏河村不久后去世时，家境贫寒，父母的尸首草草掩埋在村外乱坟岗子，张清举为此常暗自流泪、羞愧。胡善志听说了这件事情，请来县里最好的风水师，在村外给张家选了一处吉穴，作为张家的墓园，然后出钱给张清举父母办了一场隆重的迁坟仪式，将两人葬于墓园。张清举对胡善志感激不尽，胡家和张家的关系一下拉近了很多。

张清举家住的本是村里一栋空废的老屋，但村里有个无赖，经常来收房租，每次见到宁兰还总要轻薄几句。张清举明知他是欺诈，但苦于自己是一个外乡人，人单势薄，所以一直隐忍不发，反而每次都送给他一些钱，以求破财消灾。胡善志得知了这个无赖的事，他让自己的管家悄悄找了几个大汉，在一个月黑风高的晚上，将那个无赖拉到白洋淀沉了湖。他对张清举说他给了无赖一笔钱，让无赖去他乡做生意了。

从此后，张清举把胡善志看成自己的靠山和最好的朋友，遇到什么事都要和胡善志商量。

私塾开课不久后，有媒人来给宁兰提亲。是家境优裕的富户，但要宁兰过去做妾，张清举听了破口大骂，将媒人撵出大门，聘礼也摔得满地都是。这样一来，远近的媒婆都知道张儒生绝不会同意女儿做妾了，后来托媒婆来提亲的就都是尚未婚配的后生哥。后生哥里也有张清举满意的，每到此时张清举就问胡善志的意见，而胡善志每次都绞尽脑汁想出一个完美的理由，让张清举将亲事推掉，张清举对此言听计从。

私塾开课半年多了，张家的日子一天比一天好过，宁兰的母亲一扫过去的愁苦，她自从嫁给张清举，还没过过这么舒心的日子，于是她跟丈夫商量，想回娘家一趟。两个儿子太小，她决定只带着宁兰回去，几天就回来。张清举答应了。

宁兰和母亲离开村子的晚上，张清举父子三人早早睡下。半夜，张清举突然被浓烟熏醒，他忍住咳嗽翻身起床，看到屋子里浓烟滚滚，血红的火舌疯狂地舔着新翻盖的房顶，屋子里充满了新鲜木料和稻草的煳焦味。张清举发疯地摇晃着睡在身边的孩子们，两个孩子躺在床上一动不动，不知道是熏晕过去了，还是已经死了。

他赤脚跳下床奔向房门，猛地拉门闩，厚实的大门纹丝没动——门已经被人从外面锁上了。张清举绝望地捶打房门，大声呼救，但一张嘴就被浓烟灌满了胸腔，热浪裹着浓烟袭来，他感觉肺都要憋炸了，一阵头晕，栽倒在地上。这时他看到一根燃烧得像火龙一样的房梁，面朝他直落下来。他记得这房梁是胡善志专门送来的上好红松，做房梁最结实。然后他就失去了意识。

宁兰家的房子太偏僻，离水源很远，邻居得知大火烧起来，提着水桶赶到时，火势已经完全不能控制。大家眼睁睁看着张家所有男丁，老少三口，全部寂灭在熊熊的烈火中。

宁兰和母亲回到夏河村的时候，大火已经烧过去三天了。宁兰和母亲只看到了一片残破的瓦砾和三具枯黑的尸首。

张氏父子的葬礼仍然是胡善志帮忙操办的，张家父子一起被埋进了胡善志建造的墓园。虽然男主人不在了，但张家的葬礼一点不马虎，该有的仪式一样不少，该请的人一个不落。张家父子风风光光地下葬，村里人都说，要不是胡善

芦花劫之大火

志，张家父子恐怕连口好棺材都难以享受，更别提葬礼了。

帮着宁兰安葬完张氏父子，胡善志将自己家一个小跨院叫人打扫干净，将宁兰母女俩接到那里住着。他安排厨房单独给母女俩做可口的饭菜，他每天来跨院坐一会，陪着宁兰母亲说会儿话。

宁兰母亲遭此大难，精神几乎崩溃，少言寡语，人也木呆呆的。

这样过了几个月。一天，胡善志来到跨院，言辞委婉地跟宁兰母亲提出，他想纳宁兰为妾。这样他就可以名正言顺地照顾她们母女俩了，省得村人说闲话。

宁兰母亲听了，满是皱纹的嘴唇突然歪了一下，木呆呆的脸上似乎露出一个僵硬的微笑。胡善志看了以为她同意了，大喜过望，回到前厅，立刻派管家准备聘礼。管家提着聘礼再次来到跨院，不料却被宁兰一口回绝。

宁兰从第一次看到胡善志，就从没喜欢过这个男人。胡善志承诺她重修老宅，却迟迟没有动工，所以她才不得不带着母亲在胡家寄住。她告诉胡家管家，她不打算嫁人了，以后就靠编苇席养活母亲，若是胡善志再提亲事，她就带着母亲回母亲的娘家去。胡善志看宁兰态度强硬，不敢多说什么，这门亲事就这样搁置下来了。

事情的转机在一个月后。

这天清晨，宁兰突然派人到前院告诉胡善志，她同意嫁给胡善志。胡善志得了这句话，像听到圣旨纶音，已经绝望的心，被一道霞光照亮。

婚礼定在九月初八，这天正是一年前胡善志第一次遇到宁兰的那一天。虽然是娶小妾，但胡家婚礼的排场却大得比当年娶正房大奶奶都隆重，筵开八十桌，上至知县大人，下至村民百姓，都到场祝贺。胡善志像迎接天人下凡一样，将宁兰娶回家中。

成亲后，胡善志对宁兰百般宠爱，大老婆和小老婆全被胡善志丢于脑后，她们几个月也见不到胡善志的面。胡善志的小老婆黄梅仗着旧日得宠，在胡善志面前说了宁兰几句，被胡善志一杯热茶泼脸上，差点破相。从此胡家上下再没人敢对宁兰说三道四，看到她都毕恭毕敬，绝不敢有丝毫违拗。

芦花劫之大婚

婚后，宁兰给胡善志生下一个男孩，取名胡维华。

胡维华长到四岁，大家发现这孩子聪慧过人，他在私塾里年纪最小，但会背的古文最多，连老师都啧啧称奇。长到七八岁，胡维华又迷上了刀枪棍棒，天天缠着胡善志给他请师傅。胡善志本想让胡维华一心读书，将来考取功名，怎奈宁兰也执意让儿子学武功，胡善志只好给胡维华请了一个拳师。这下更是了得，什么拳脚他一练就熟，什么兵器他一摸就会。

胡维华长到十五岁，已经是一个打败全乡无敌手的武术高手了。他特别爱结交朋友，三教九流什么人都认识。他十分聪明，出手也大方，无论什么人见了他，都愿意死心塌地为他卖命。胡维华性格很有两面性，对于听话、顺从的人，他是两肋插刀的侠义之士；对于不听话、不顺从的人，他翻脸无情，下手狠辣。

有一次赶集，他从镇上一家绸缎庄门口经过，绸缎庄伙计泼水溅到了他的新鞋上。胡维华冲上去就踹了伙计一个窝心脚，把伙计踹得当场吐血。绸缎庄老板出来跟他理论，他竟派人冲进绸缎庄，点了一把火将货物都烧了，险些闹出人命。

绸缎庄将他告到县衙，胡善志在衙门上下打点，又赔了苦主几百两银子，才算把事情平复。回家后，胡善志决定好好管教一下这个逆子，他派人将胡维华绑到后花园，捆在条凳上。他用柳条鞭沾上水抽他。刚抽了几下，宁兰从前院赶到，走过来一声不响往胡维华身上一扑，胡善志的鞭子像被冻住了一样僵在半空。

他内心深处对宁兰总是有点怕，他自己也说不清为什么。这个女人周身似乎透出一股寒气，这寒气时而让他着魔，时而让他心悸，他从来捉摸不透这个女人在想什么。此刻他看着宁兰紧紧抱着儿子，胡维华低声痛哭的样子，心里一酸，长叹一声，扔下了柳条鞭。

转眼胡维华长到了十七岁，这一年他认识了一个外乡人，这外乡人上知天文下知地理，跟胡维华很谈得来，两人拜了把子，结成兄弟。后来胡维华得知外乡人是被官府通缉的乱党，但他毫不在意，反而去求母亲，让外乡人藏身于家中。宁兰婚后一直保留着编苇席的习惯，她婚前住的小跨院还保留着，堆着高高的

芦花劫之教子

席垛子，平时除了她没人进来。宁兰将外乡人安置在小跨院里。

外乡人住在小跨院里，跟胡维华舞刀弄枪，高谈阔论，引起了胡善志的小妾黄梅的注意。黄梅打听到外乡人是被通缉的乱党，认为宁兰母子的死期到了，欣喜若狂，立刻派人将此事密告娘家哥哥黄兴。黄兴在邻县县衙做捕快。

得知胡维华的乱党把兄弟乃朝廷通缉重犯，黄兴知道发财的机会来了。他立刻带上一队人马，连夜赶到夏河村，将胡家围得水泄不通，点名要胡维华和乱党出来伏法。

胡维华在屋里听见门外喧哗，提上长枪就想往外跑，迎面却撞见进院子的宁兰。宁兰疾步走进跨院，转身关上院门，然后示意胡维华和他把兄弟跟她走。胡维华两人跟着宁兰三拐两拐走到院子的角落，宁兰敏捷地搬开一堆苇席垛子，苇席下面露出一块青石板。宁兰又慢慢挪开青石板，青石板转开之处，露出一个三尺多宽的黑洞，洞口还竖着一架梯子。

胡维华吃惊地看看黑洞，又看看宁兰，他从小在胡府长大，府里多一只麻雀少一只蛤蟆都逃不过他的眼睛，但他竟然不知道在自己眼皮底下有这么一个暗道！他突然感觉自己并不认识眼前这个娘，这个娘跟哺育他长大的那个温柔寡言的女子，似乎不是一个人。

这时门外喧嚣四起，容不得胡维华考虑，他和把兄弟两人跳入这条通向村外的暗道，消失得无影无踪。

宁兰挪好石板，掩盖上苇席垛子，若无其事潜回前厅。这时候黄兴已经带人冲进来，也不问话，在各屋一通乱翻，当然什么也没找到。他只得留下话来，限胡家五日内，将胡维华绑送到官府。

黄兴带人杀过来这天，胡善志去外省办货，并不在家。等他回到家听说这件事情后，知道这次祸闯大了，他立刻派人去告诉胡维华到外省躲避。然后将告密的黄梅暴打一顿，关进后花园。这才带上家里所有的银两和值钱古玩，连夜上县里。

在本县和邻县周旋了半个月，胡善志赔上这张老脸，花光了带去的银两和古玩，又抵押了家中若干田产，才将此事摆平。邻县和本县的知县都收了胡家的钱，所以绝口不提乱党，反而将黄兴论了罪，杖责四十。黄兴、黄梅兄妹俩偷鸡不成反蚀一把米，怀恨在心。

转眼间，胡善志的五十大寿到了。胡家发生了这些事，元气大伤，胡善志也老了一大截子，经常感觉精神不济，有几次夜里他仿佛梦到了故人，但惊醒后又怎么也想不起梦到的是谁。

五十大寿他本来不打算大操大办，但宁兰说，正是因为家中遭此变故，才更应该大操大办，一是借此冲冲晦气，二是让十里八乡看看，胡家仍然是扳不倒的大户，谁也别想使坏算计他们。胡善志觉得这话十分有道理，自己昔日的好胜心又被激起来了，决定大操大办寿宴。

胡府提前半个月就杀猪宰羊、烹鱼炖鸡，准备寿宴。府内外张灯结彩，连所有的梁柱都包上了喜气洋洋的红布，黯淡多日的胡府似乎又回到了往日的辉煌。胡善志向全县的达官显贵发出请柬，连出嫁了的大闺女也带着夫婿和孩子早早回到胡家，一起准备寿宴。

宁兰派人悄悄通知在外躲避的胡维华，让他回家参加寿宴。胡维华此时已不是那个落荒而逃的愣头青，他在外省悄悄拉起一干人马，自己任头领，乱党把兄弟任副头领。听说父亲的寿宴在即，他带着几十个弟兄，星夜潜回家中。

离寿宴还有几天的时候，管家发现关在后花园的黄梅跑了。这时候胡家谁也没去在意这件事，跑了一个失宠的小妾本来也不是什么大事。

寿宴当晚，胡府热闹非凡，人流熙熙攘攘，车辆马匹停满了门口的空地，小厮、仆妇穿梭往返，迎接客人，端茶送水。胡府的老仆人们隐约记得，上一次这样的排场和热闹，似乎是老爷迎娶宁兰的时候。

寿宴奢华热闹，高朋满座，宾主尽欢，到子夜才散。

时间过了子夜，胡府送走最后一位祝寿的客人，又安排远道而来的亲友们都住下了。胡善志斜倚在客厅的贵妃椅上，也昏昏欲睡。

不胜酒力的他，多喝了几杯，此刻感觉头有点昏。在睡眼蒙眬中，他看到宁

芦花劫之祝寿
胡

兰款款走进客厅。宁兰似乎也喝了几杯,秋香色缎子小袄衬着沉静如水的脸颊,竟显出几分妩媚。虽是人到中年,但此刻胡善志眼里的宁兰,似乎仍是当年九月初八那个在院子里编苇席的宁兰。那柔软的小手灵巧地摆弄着丝一般的苇条,粉白的俏脸温柔安详,一切似乎就在眼前。

当胡善志沉浸在自己的回忆里的时候,他发现宁兰凝视着自己,突然对他笑了一下。宁兰很少笑,偶尔笑也很浅,稍纵即逝。但宁兰此时却眼波流转,嘴角上扬,露出一个不同寻常的微笑,这笑容使胡善志猛地想起一个人,一想到那个人,他马上感觉到手里握着的皱巴巴、滑腻腻的人皮,顿时心里一阵恶心。胡善志一阵头晕,闭上眼想驱赶走思绪,但思绪还是飘到了多年前。

那是胡维华刚满月的一个下午,他去看望宁兰和孩子。刚走进院子,他就听到半开着的绿蝉翼纱窗里传来孩子微弱的呻吟,他奔到窗下一望,不由得大吃一惊:宁兰的母亲,那个疯疯癫癫的老太婆,正用她鸡爪子一样的手掐住躺在摇篮里的胡维华的脖子!胡维华乱蹬着小腿,奋力发出微弱的哭号。宁兰躺在屋角的蚊帐里,面朝里睡着。

胡善志一步窜进房间,揪住老太婆的领子,像拖一捆稻草一样迅速将她拖了出来。老太婆脖子被领子勒住不能发声,鸡爪子一样的手拼命乱划,在胡善志的脸和手臂上划出好几道血痕。胡善志忍着疼,一声不响地将她拖到院子拐角的荷花池边, 把将她的头按入池中。老太婆疯狂地挣扎着,怎奈胡善志一脚踩住她的身体,双手死死掐住她的脖子。那脖子羸弱、滑腻,满是皱皮,就像一条老蛇一样扭动着,胡善志心里恶心,手下加劲,老蛇死命扭动几下之后,蛇身下面的身躯慢慢不动了,像一堆烂布瘫软在胡善志脚边。胡善志立起身,顺脚将那堆烂布踢进池塘。看着尸体慢慢沉进荷叶深处,灰白的头发沉浸在墨绿的池水中,跟柔曼的水草缠绕在一起。

晚上,管家来告诉宁兰,说她母亲失足掉进荷花池,淹死了。宁兰听了似乎并不意外,那张淡淡的脸上毫无表情。

葬礼还是由胡善志操办,宁兰的母亲跟张清举和宁兰的弟弟们合葬在新修的张家墓园里。

芦花劫之奈母

胡善志正沉浸在往事的回忆里似睡非睡，突然听到一声巨响，他睁眼一看，宁兰早已不见了，客厅空空的。客厅外火光熊熊，一片哭喊，这时候女儿领着孙子和外孙子们惊慌地跑进客厅，边哭喊边向他跑来。他翻身立起，怒吼一声："哭什么？我还没死呢！"

但他的声音立刻淹没在混乱里。这时候胡维华不知从哪里冒出来，满脸烟灰和汗水站在他面前，一把拉住他的手说："爹，快走。"

胡善志被胡维华拉出大厅跑到院子里，他惊呆了，院子里一片火海，树梢上、房檐上都烧起来了，所有被包上红布的柱子都是一条火龙。人们像没头苍蝇一样乱跑，有的被烧着了衣服，在地上打滚；有的身中数箭，趴在地上哀号。再看高高的院墙上，趴着一排弓箭手，正将带火苗的铁箭射到院子里。

胡善志一下子蒙了，他不知道富丽堂皇的胡府，怎么转瞬间就变成了人间地狱。这时候，一只呼啸的铁箭直奔他心口射来，胡维华抱住他滚下台阶，躲过一箭，父子俩连滚带爬往后院窜去。

原来，黄梅逃跑后回到娘家，她告诉了娘家兄弟黄兴，胡府今天的寿宴胡维华也会来祝寿，还带着手下兄弟。黄兴认为报仇的机会来了，连夜跑到保定府，将胡善志胡维华父子结交乱党、窝藏罪犯的事情告发，并说胡府明为办寿宴，实则聚众谋反。保定知府大人早年曾追剿乱党，恰好跟胡维华的把兄弟交过手，对他恨之入骨，听说此事，快马连夜呈报北京。圣旨批复很快下来：抄斩贼寇，务必除尽。

为了人功独揽，知府没有惊动任何地方县衙，秘密从北京调来一支骁勇铁骑，亲自带兵，由黄兴带路，于胡府寿宴当晚潜入夏河村。没想到正撞见胡维华派出去望风的小兄弟，这些小兄弟本是亡命之徒，也不管对方是谁，挥刀就砍，打不过就往胡府跑，官府人马趁势掩杀过去，将胡府团团围住。

知府在外喊话，让胡家交出乱党。但没想到胡维华爬上墙头，一箭射中了黄兴的右臂，知府见状大怒，下令将院里所有人统统烧死，一个不留。

胡维华边跑边跟胡善志说明刚才发生的一切。

胡善志听胡维华讲完这些，悲鸣一声，知道大势已去。如果双方没有交火，事情也许还有挽回的余地，但儿子一贯凶悍，交火也是必然，看来今天就是自己的大限了。

胡维华却没有父亲这么悲观，他拉着父亲向宁兰的小跨院跑去。他告诉父亲，娘在小跨院里修了一个暗道，直通村外，跳进去就能逃跑。他话音刚落，一块巨大的火云就朝他俩飘来，胡维华躲闪不及被火云盖住，他惨叫一声，整个人烧成一个火球在地上翻滚。胡善志抬眼再看小跨院，大捆的芦苇和编好的苇席将院子烧成一座火焰山，别说进去，想靠近都难。不时有大块着火的苇席像火云一样腾空飞起，借着风势飘出院子。

胡善志看着满院子着火的苇席，似乎有点明白什么了。

正在愣神的工夫，又一片火云向他袭来，他连忙躲进房檐下，没想到脚下一绊，他仰面摔在地上。就在这时，一个包裹着红布的梁柱燃着熊熊大火，以泰山压顶之势向他压来。在梁柱压倒他的一瞬间，他突然想起前几天噩梦里梦到的故人，那不是别人，正是他的老丈人，十九年前被烧死的张清举。

此刻，在远离胡府的夏河村外，旷野中空寂无人，夜风里隐约传来蛐蛐的鸣叫。

在星空笼罩的原野上，一座修缮整齐的墓园静静伫立，墓园里大大小小立着好几座坟茔，其中最靠近园门的那坟最大，草木茂盛，坟边上长着一棵参天大树。大树形状很奇特，树身很粗，看上去大约有几十年了，但树冠很小，只有几根枝丫，孤零零地指向天空，枝丫上挂着几片枯叶，像几只干枯的手臂上挂着几缕残破的衣衫。即便是草木茂盛的夏天，这棵树也给人一种冬日的肃杀和凋敝感。树下的墓碑上赫然刻写着：张清举之墓。

树下静静站着一个妇人，一身素衣，脚下放着一个棉布小包裹。她就是宁兰，胡府唯一的幸存者。

宁兰脸上仍旧是那淡淡的表情，既看不出逃出生天的喜悦，也看不出亲人皆亡的哀伤。

芦花劫之灭门

她对坟墓轻轻说："爹，咱家的大仇报了。胡家祖孙三代，上下三十五口，都被烧死了。"

刚说完这句，一阵山风袭来，老树发出"咯吱咯吱"的响声，似乎是一个苍老的人发出阵阵狞笑，听得让人胆寒。

宁兰说完这些，趴在地上冲着老树磕了三个头，声音有点哽咽地说："爹，我得走了，咱家大仇已报，我留在此地无益。咱们从此别过，我找个无人知道的地方去了此残生了。"

老树半晌静默，突然剧烈地晃动起来，晃动幅度很大，有几根枝条甚至扫到了宁兰的脸上。那干枯的枝丫"咔咔"作响，似乎随时要劈下来。

宁兰平静如水的脸上掠过一丝不易察觉的慌乱，但只有一瞬间，她就镇定下来。她对着老树一字一句地说："爹，您从十九年前托梦给我让我嫁给胡善志，直到今天，我熬了十九年，也忍了十九年，终于为张家报仇雪恨。爹，您从小就对我严加管教，我在胡家每一次动摇，都逃不过您老人家的眼睛。"

说到这里，宁兰缓缓撸起自己的袖子，只

见她苍白的胳膊上露出深深浅浅的一排细小疤痕，从手腕排到手肘处，疤痕时间久远，颜色暗淡，看上去像一排雀斑。宁兰说："这是我娘被胡善志掐死那年，我也不想活了，想跟娘一起死。您托梦的时候，用纳鞋底的锥子扎我，扎得我疼醒了，醒来一看，留下了这些伤疤。"老树停止挥动枝丫，像在倾听宁兰的诉说，寂静无声。

宁兰眼睛里换上一种悲伤，那是一种刻骨的、令人动容的悲伤。她拨开头发，露出额头的一块青痕，继续说："这是那年我想放毒蛇咬死胡善志，结果毒蛇溜出来，把我自己咬了，胡善志怕我中毒死去，用嘴为我吸毒，结果他自己昏迷了两天才醒过来，当时我心软了。您夜里托梦，用戒尺敲我的头，警告我不能因儿女私情忘记了杀父弑母之仇，至今我都留下头疼的毛病。"

此刻山风更加大了，老树发出轻轻的呜咽声，就像一个老人的哭泣。几片树叶随风飘下，轻轻滑过宁兰的胳膊和额头，就像一个轻柔的抚摸。

在星光下，依稀能看到宁兰眼睛里泪光闪闪。

她说完这一段话，站起身，整理了一下衣裙，俯身慢慢提起地上的包袱抱在怀里。这时老树又晃动起来，先是轻轻地晃，慢慢变成剧烈地晃。宁兰再也忍不住了，眼泪一下子迸出眼眶，她一反安静的常态，仰头冲着大树嘶吼："我说了这么多，您还不明白吗？胡家已经灭门，我也还清了孽债！您还要干什么?！"

也许是受了声音的震动，宁兰怀里的布包突然蠕动起来，里面发出一个婴儿柔嫩的哭声。宁兰打开布包，露出一张婴儿的小脸，宁兰将婴儿高高托起，举到老树的面前，声音凄然："这是维华的亲儿子，我的亲孙子，您的重孙子，也是我在这个世界上唯一的亲人。他还不到一岁，他什么都不知道，您放过我们，我带着他远走高飞，从此再不回来。我保证他不做任何伤天害理的事，还不行吗？"

说到最后一句话，宁兰几乎泣不成声，托着婴儿的手剧烈颤抖着。婴儿在她的手里不舒服地扭来扭去，东张西望，就像一个待宰的羔羊。

宁兰说完这些话，紧紧抱住婴儿，号啕大哭。到此时，那个理智、冷酷的复仇者消失了，只剩下一个孤苦无依、满心血泪的小妇人。

芦花劫之絮许

老树沉默了，不再摇动枝丫，时间也似乎静止了。

不知过了多久，老树的顶端突然裂开一道缝隙，一条细细的血线顺着树干流下来，老树随着这条血线的流动，慢慢裂开，成为两半。缝隙越来越大，最后老树分成完整的两半，轰然倒地，一缕淡淡的青烟从树干里飘出，霎时消失在夜空。宁兰撕心裂肺地大叫："爹！"老树静静地躺在地上，枝丫指向天空，一动不动了。

宁兰擦干眼泪，对着倒地的老树磕了三个响头，站起身整理好衣裙。就在她准备俯身抱婴儿的时候，一枚铁箭从背后呼啸而来，一箭穿胸，射中宁兰。宁兰的身体猛地绷直，勉强支撑着摇晃了几下，颓然倒地。

倒地后，宁兰用尽最后力气将身边的布包推进老树干下面的黑影里，那黑影里草木茂盛，立刻吞没了布包。宁兰做完这些，头悄然垂下，脸颊触及地面的一瞬间，土地湿润的气息混着草木的清香钻进她的鼻孔，她轻轻地闭上眼睛，满意地呼出最后一口气，心里一个念头是：这真是一个吉穴，会保佑我的孙子平安长大吧？

曙光透过树梢照进张家的墓园，一小队骑兵走进墓园，黄兴跳下马，将宁兰的尸体搭在马上，对身后几个提着弓箭的兵士炫耀说："幸亏我妹妹提供消息，否则咱们谁都不知道这贼婆子家的祖坟在这儿！得，最后一个贼婆子落网，乱党满门抄斩，咱们领赏去了！"士兵们欢笑起来，一队人打马绝尘而去。

芦花劫之结局

# 孝鬼

穷人也有穷人的脸面，他们的恪守在我们看来微不足道，
但这是他们狼狈、困顿生活里最后一块遮羞布。

# 孝鬼

内务府总管的大公子索朗府里连续丢了几件玉器，管家派人勘察了被盗现场，认定是府内人作案。于是在府里展开调查，陆续查问可能接触到玉器库的人。

这天下午，管家在后花厅连续盘问了两个人，有点累了，正值盛夏，厅外知了声声高叫，厅内闷热不堪，站立的家丁和丫鬟都昏昏欲睡。这时候家丁带上来今天查问的第三个人，是负责跑腿采买的奴才，名叫常明。他平时主要在索朗跟前儿听使唤，接触玉器库的机会不多，嫌疑最小，但管家还是打起精神例行盘问起来。

常明身材高大，面色苍黄，一双眼睛小小的，总向下看，从不抬眼跟人对视。他一进来就跪在大堂中央，低眉顺眼，一副驯服模样。管家照例问了他姓名、年龄、在府里任什么职等等。他都低着头一一回答了。管家接着问，玉器失窃那天他在哪里。这时候常明却没有回答，管家又催问了一遍，常明还是沉默。

管家身边的家丁冲着常明吼了一声，这时候，常明跪着的身体突然轻轻晃动起来。管家以为常明被吓住了，哆嗦了。但他迅速发现自己错了，常明晃动了几下，突然从地上一跃而起，那弹跳的样子不像自己跳起来的，倒像被什么东西顶了一下，或者被火烫了一下，接着他“嗷”地大叫一声，头朝下脚朝上，身体倒立，用双手撑住地面向前“蹦”，一边“蹦”，一边嘴里“丝——丝——”地吸着气低吼，发出像野兽一样的嘶叫，模样怪异而可怖。

管家手里的折扇“啪嗒”一声落在地上，他被常明瞬间的变化惊呆了。身边站立的几个家丁冲过去试图按住常明，但常明“蹦”的速度非常快，而且忽左忽右，根本捉不住。这个嘶吼和蹦跳的常明，跟刚才驯服、卑微的常明判若两人。

常明围着大堂“蹦”了十几圈，突然直挺挺地摔倒在大堂中央，一动不动，大家发现他摔倒的地方还是他刚才跪着的位置。

趴在地上的常明慢慢起身，挺直上身，双腿机械地跪下，然后缓缓抬起一直低着的头。此刻他那张黄脸上毫无血色，并呈现一种很深的青灰色，一双小眼睛死死盯着太师椅上的管家。管家正在惊疑，这张青灰的脸上竟然浮现出一丝微笑，脸笑眼睛不笑，故此那丝微笑看上去意味深长，像一抹狞笑。

奴才直视主子本属大不敬，何况那张青灰的脸上还浮现出狞笑。

大家看到这张诡异的笑脸，都倒抽一口凉气。这时候，常明带着那丝笑容，慢慢开口了，他说：“偷玉器的肯定不是常明，但杀人的是他！我就是被他杀死的冤魂！”

常明说这番话的声音很奇怪，刚才他的声音是沙哑低沉的，一听就是壮年男人的烟酒嗓。而在说这番话的时候，他发出的声音却是一个尖声尖气的纤细声音，听上去像一个十几岁的小孩。这声音由一个高大的壮汉嘴里发出，显得格外古怪。

大厅里的人刚才还感觉闷热无比，此刻顿时觉得阴森、幽冷。管家一迭声地喊家丁，叫家丁从院子的井里提来一桶凉水。家丁将凉水提进大厅，一点不剩地泼在常明脸上和身上。管家觉得常明大概被热昏了，被冷水泼过，应该能恢复正常。

常明被一桶凉水兜头浇下，既不躲也不让，甚至都没有伸手护头，依然像一截木桩一样跪得直挺挺的，脸上那丝狞笑像被刻上去一样，僵硬地挂在被水淋过的脸皮上，眉毛和帽子都滴着水，眼睛却一眨不眨，仍旧死死盯住管家。

常明又开口了：“你们不要不相信，我真是那个被常明杀死的冤魂！你们库里的玉器是管玉器库的三才偷的，就藏在他住处的床底下。”说这话的时候，他

孝鬼之自首

的音调依然是那令人头皮发麻的尖声尖气！

管家一听这话，立刻叫人将三才带上来。吓唬了几句，三才就供认不讳。

这下管家真的震惊了。他平时只管着府里大大小小的琐事，哪见过这诡异的阵势！顿时吓得屁滚尿流，再也不敢问什么，将常明用一根铁链锁上，送到衙门去了。

衙门管刑名的姚大人，阅历丰富，经验老到，很多离奇的命案都是经他的手侦破的。他从不相信鬼神，他认为装神弄鬼的人都是别有用心，想利用鬼神行苟且之事罢了。此刻他听了索朗府里下人们的禀报，觉得此案不但离奇，简直离谱。他坚信此案是内务府那帮老爷热昏了头，弄出个故事来解闷儿的。所以他打算速断速决，立刻叫衙役将人犯带到大堂上，升堂审理。

常明被押到大堂上，他青灰的脸上仍旧带着那丝不阴不阳的笑容，一双小眼睛丝毫不避人，直勾勾地盯着前方。嫌犯如果直视官员，有可能被当庭乱棍打死，但这个嫌犯却毫不退避，似乎根本不知道这个规矩。

姚大人坐在案桌后面凝视这个犯人，他这辈子也没这样跟犯人对视过。一般凶犯眼睛里都藏有一丝凶残和狡诈，即便一丝，也逃不过姚大人的眼睛。但此刻在这个罪犯的眼睛里，姚大人只看到了异样的阴冷，这阴冷飘忽不定，幽暗遥远，像从另一个世界飘过来的一朵鬼火。他不由压低声音，威严地问："堂下跪着何人？"

常明用尖声尖气的声音回答："我叫李二格，是被常明所杀的冤魂。"

姚大人听了这怪异的腔调，再看那道阴冷的目光和那张青灰脸上的一丝狞笑，不由得头皮一阵发麻。他控制住内心的波动，沉稳地问："你为什么说常明杀了你？"

常明（李二格）回答："我今年十四岁，家住海淀，父亲叫李兴旺。我们父子以卖切糕为生，我们在海淀那一带走街串巷卖切糕，那里的人都知道我们父子俩。我家跟常明的叔父家是邻居，他到叔父家玩认识了我，就经常来找我玩，于是就熟识了。今年正月十五，常明邀我一起去城里看花灯，我就跟着他去了。看完花灯的时候天已经大黑了，我跟常明走到护城河边的时候，常明突然把我按到地上，伸手扯我的裤腰带，他说早看中我长得俊，想跟我玩玩。我不愿意，使劲挣扎，他气急了，就拿起裤带子勒住我的脖子，我憋得眼前发黑，不能呼吸，渐渐失去了知觉，感

觉飘到了半空中。在半空中，我看见常明将我的尸体拖到一棵柳树后边，在地上挖了一个大坑，将我的尸体扔进去，埋了。”

常明（李二格）说到这里，停顿了，他的声音有点激动，但那张呆滞的脸上看不出任何变化。姚大人听到这里确实吃惊不小：受害人的魂魄附在凶手的身上，为自己伸冤！这简直是不可思议！他不动声色地想：且听他下面如何自圆其说。

姚大人看着地中央跪着的那个青灰脸的汉子，一时不知道该叫他常明，还是李二格。索性都不叫了，他直接问：“那凶手把你的尸体埋了之后，又发生了什么事情？”

常明（李二格）说：“常明把我的尸体埋了之后，我就一路跟着他。他也没敢回家，跑到老相好家睡了一夜。第二天下午，我父亲在他相好家找到他，问我的下落，常明说我走丢了，他也不知道我去哪里了。我父亲立刻央求亲戚朋友满城找我，凡是我平时爱去的地方都找了，但找了好几天没有任何结果。后来父亲怀疑是常明把我藏起来了，他将常明告到衙门，衙门找常明问了几句话，也没问出什么，就把常明放了。”

姚大人听到这里，立刻悄悄叫过身边的捕快，一个名叫张贵的小伙子。吩咐了几句，张贵领命而去。

常明（李二格）这时候声音不那么激动了，他语速平缓地说：“我变成鬼魂以后，日夜跟着常明寻找报仇的机会。无论是他吃饭、睡觉、逛街、赌钱，就连他上厕所我都跟着。我是个没有道行的小鬼魂，常明是个火焰很高的恶人，我一接近他就感觉烈焰焚身，无比难受，因此我只能远远地跟着他，不能靠近。我一直跟了他好几个月，从冬到夏，慢慢地我终于能接近他了。开始我离他一丈的距离就觉得灼热，后来我能到他身边几尺的范围内也不觉得灼热，就这样我越贴越近。恰逢府里丢了玉器，常明被带到大庭广众审问，我一看机会来了，就猛地扑进他的身体，附在常明身上，终于成功了。”

说到这里，张贵回来了，趴在姚大人耳边说了几句。他刚才受命去打听今年正月里的失踪案，现在已经落实，海淀那边确实接到过李兴旺的报案，他说自己的儿子李二格失踪，至今没有下落。姚大人听完，心里“咯噔”了一下。他眉头一皱，抬头又问：“李二格，你说常明在护城河边杀害了你，你的尸体具体埋在哪里了？”

常明（李二格）说：“就埋在护城河岸边，在两棵老柳树之间。”

姚大人宣布退堂。回到后堂，他立刻布置张贵去海淀找李兴旺；然后又安排仵作等相关人员就位；接着，姚大人带着衙役、仵作，还有常明，出了刑部大门，浩浩荡荡向护城河而去。

在护城河边的老柳树下，衙役按照常明（李二格）的指点，很快挖出了一具尸体。令姚大人和仵作惊疑的是，按照常明（李二格）所说尸体已经埋在地下半年，但那具尸体却丝毫没有腐烂，连一个尸斑都没有，尸体大约十三四岁的样

子，衣着整齐，面容清秀，眉目间还隐含一股英气，只是身材很纤弱，像女孩子一样。

这时候，李兴旺被带到了现场。他是一个四十多岁的汉子，但那瘦小佝偻的身材、憔悴的面容，看上去俨然已经年过花甲。他听说儿子的事情有着落了，浑浊的眼睛里流露出期盼和渴望，粗大的双手不停地在衣襟上擦来擦去，掩饰内心的激动。他走到护城河边，远远看到柳树下的姚大人和仵作时，他脸色微变，再看到地上躺着的那具小小的尸体，他崩溃了，双腿一软跪在地上，半天也没站起来。等他站起身跌跌撞撞来到尸体旁，用粗糙的大手摸了一下李二格的脸，悲号一声："我的儿啊！"就号啕大哭起来。姚大人默默看着这一切，内心已经非常明白：这不是热昏头的管家胡诌出来的故事，这是一桩实实在在的命案！

这时候，一直站在人群外面的常明（李二格），慢慢拨开众人，向李兴旺走过去。张贵要阻拦，姚大人冲他摆摆手，张贵闪到一旁。常明（李二格）慢慢走到李兴旺身边，低下头，轻轻叫："爹，别哭了，二格来看您了。"

李兴旺用手擦着浑浊的老眼，抬眼看到常明，眼里霎时充满愤怒。他猛地一下从地上蹿起来，一耳光扇在常明脸上，接着一把抓住常明的前胸，发疯一样叫着："常明！你这个畜生！你还我儿子，还我儿子！"

这时候大家都看到常明（李二格）的情绪变化非常大，那青灰色的脸抽搐了几下，那丝狞笑消失了，从他直勾勾的眼里，竟滚出了一颗豆大的泪滴。他扶住李兴旺因愤怒而不停颤抖的身体，用很轻很轻的声音说："爹，我是二格，我是您儿子李二格！"

李兴旺听到这个熟悉的声音，霎时僵住，他松开手后退几步，无比惊悸地盯着常明（李二格），颤抖着问："你是？你是人，是鬼？"

这时候姚大人和衙役们都听到，常明（李二格）那怪异的声音里包含着彻骨的悲凉，他低下头，轻轻说："爹，我是二格，我是二格的鬼魂。"

李兴旺脸色煞白，僵立半晌，半信半疑地问："你真是二格？"

常明（李二格）为让李兴旺相信自己的身份，问道："爹，咱家的切糕摊子现在咋不出摊呢？"

李兴旺一听这话，神色大变，从惊悸转为伤痛，接着转为绝望的悲凉，他浑浊的老眼又红了，哑着嗓子说：“儿子，自从你失踪后，我连着找了你好久，腰疼病又犯了，卖不了切糕了，就把切糕摊子转给崔红家了。”常明（李二格）听了这话，点点头，说：“爹，黄村的五婶还欠咱一吊钱，是过年时她给闺女买切糕欠的。另外，我睡的床板底下的稻草里有十个铜钱，是我平时攒的，没舍得花，您拿去买水吧！”

李兴旺听了，呆了片刻，“哇”地一声哭出来，抢过去一把抱住常明（李二格）：“可心疼死我了！我的好孩子啊！”

常明（李二格）被李兴旺紧紧抱住，仍然是面无表情。过了一会，他轻轻抽出被李兴旺死死抱住的胳膊，说：“爹，我大仇已报，要走了。”

李兴旺如梦方醒，立刻紧抓住常明（李二格）的袖子不放，声音颤抖地问：“儿子，你要去哪里？”

常明（李二格）的嘴角向下扯动了一下，那张呆滞的脸显出一丝凄苦，他说：“我也不知道呢，爹。”

李兴旺用尽全身力气抓住常明（李二格）的胳膊，向怀里拖，他瘦弱的身体几乎弯成了一只大虾的样子。他嘴里高叫着:“儿子!我不让你走!”

常明(李二格)被李老汉死命扯住胳膊,但他身体却站得直挺挺纹丝不动,似乎拉的不是他的胳膊。姚大人和衙役们都暗暗惊奇。

就在这时,只见常明(李二格)那张青灰的脸慢慢变白,渐渐变得煞白,毫无血色,紧接着嘴唇也变成死灰色,一道白色的口沫慢慢从嘴角渗出。突然间他双眼翻白,猛一昂头,努力将头歪向父亲,用那尖声尖气的稚嫩的声音高叫:“卖切糕——咪!”

喊完这句话,常明(李二格)的身体就直挺挺地摔倒在地上,四肢抽搐,双眼紧闭,昏了过去。

李兴旺用尽全身力气哭喊了一句:“我儿!别走呀!”就扑到常明(李二格)身上昏了过去。

经讯问,李兴旺的供词跟李二格的供词对照无误,可以认定常明就是杀害李二格的凶手。但令衙役们感到震惊和愤怒的是,苏醒后的常明异常顽固,即便面对李二格丝毫没有腐烂的尸体,也拒不认罪,一直梗着脖子高喊冤枉。姚大人被他的傲慢激怒了,暴打了他一百杀威棒,暂时收监。

退堂后,姚大人回到后堂,天已黄昏。屋内的阴凉将暑气解去不少,姚大人又用冷水洗了一把脸,接过张贵递上来的茉莉花茶,眯着眼睛靠在竹编躺椅上。在茉莉花氤氲的香味里,姚大人在脑子里一幕幕过着案情。这是他多年养成的习惯,无论多么铁证如山的案件,在定案前他都会重新过一遍。

李二格这个案件不可谓不神奇,冤魂自己报案指认真凶,人证、物证确凿。从逻辑上讲严丝合缝,但姚大人总觉得哪里不对劲。

首先,那天在护城河边,李兴旺在认尸之前并不知道是常明杀害了自己的儿子,但为什么他看到常明的那一瞬间那样愤怒,似乎确定常明是凶手?其次,按照李二格的叙述,在李二格失踪后,李兴旺径直去常明的相好家找到常明,从这点看,李兴旺跟常明似乎很熟识,至少是打过交道的。那么他们两人到底是什么关系呢?另外,李二格的尸体被挖出来的时候,衣着整齐,纹丝不乱。如果

李鬼之慎思

死前进行过殊死抵抗，死后的衣着似乎不该这么整齐，除非是杀人者想刻意隐瞒什么。刻意隐瞒？想到这四个字，姚大人决定明天先对李二格的尸体仔细验看一番，然后再次提审常明。

第二天，姚大人没通知任何人，独自来到刑部的殓房。按照他的吩咐，李二格的尸体暂时停在殓房，用冰块镇着，还未下葬。

姚大人轻轻解开李二格的棉袄，死者遇害时是冬天，李二格棉袄里还穿着一层单衣。姚大人解开单衣，赫然发现在李二格的裤腰里系着一条暗绿色的汗巾，那本是该系腰带的地方。李二格全身从里到外都是粗棉布衣服，而这条暗绿色的汗巾则是一块上好的丝绸，汗巾上面还用五彩金丝线绣着富贵牡丹，那绣工之精美、画面之雅致，绝非寻常绣坊出来的糙物。这条汗巾肯定不是李二格所有，连常明也不可能拥有这么精美的汗巾。而这么精美的汗巾，只是胡乱系在李二格的腰间，并打了死结。谁也不会将自己的腰带打死结，显然，这一定是在他死后有人代劳。

李二格的鬼魂显然对死因有所隐瞒，但他一个鬼魂，就为伸冤报仇而来，又为什么要隐瞒案情呢？

正在这时，张贵急匆匆走进来报告，说常明死了！据监狱传来的消息说，是天气暑热，常明棒疮感染，今天早晨在死牢里暴毙。

姚大人听说常明的死讯，顿着脚连声大呼："疏忽了！"他怪自己将案件看得太简单，昨天没有连夜突审常明，以至于刚发现李二格尸体上的疑点，唯一的线索却断了。

案件发展到现在，已经完全出乎了所有人的预料，本来以为证据确凿的一桩命案，此刻却出现了太多的疑团，把真相推进了深不可测的沼泽。

姚大人不敢迟疑，立刻带上张贵，去死牢验尸。

死牢离殓房有段距离，姚大人来到时已是下午。只见常明的尸体已被席片裹好，一个脚夫正拉着尸体往外走，准备拉到城外乱坟岗子埋掉。姚大人拦下脚夫，问看守人员，常明的亲属为何不来送葬。看守说，常明只有一个叔父，昨

孝鬼之暴毙

天来看过他，今天已派人通知了他，不知为何还没来。天气太热，尸体不能久放，所以准备今天下葬。

姚大人一面命脚夫将尸体拉到殓房，一面命人去海淀带常明的叔父来衙门。

常明的尸体除了几处棒疮之外，并无外伤，而伤口的化脓感染也不严重，不像因棒疮感染而死。凭着多年验尸的经验，姚大人很快发现常明是服了剧毒药物致死的，死亡时间是昨天夜里。姚大人问监狱看守，常明死前有无吃过什么异常的食物。看守听见问话也害怕了，双膝跪下，交代说，昨天傍晚，常明的叔父来看他，死牢犯人本来是不允许家属看望的，但他叔父贿赂了看守，就给常明送了酒肉、点心进去。

姚大人让看守从牢房找出常明吃剩下的几块点心，细细将点心掰碎，在馅料里发现了几颗微小的颗粒。看着这几颗小颗粒，姚大人陷入沉思。

晚上，去海淀常明叔父家抓人的衙役空手而归，说常明的叔父家空无一人，一家人逃得无影无踪。

而这时候，姚大人也已经确定常明吃的点心里那几颗微小的颗粒，是夹竹桃的种子。夹竹桃的种子和茎叶有剧毒，北京城里种植的人家并不多。姚大人了解这种花，是因为前几年审理的一个案子。那是一个南洋富商，在北京包养了一个青楼的当红妓女，他给妓女在繁华的西四大街买了一处别院，用自己带来的夹竹桃种子在别院里种满了粉红的夹竹桃，别院命名为“桃花墅”，取“人面桃花相映红”的意境。不幸的是后来妓女移情别恋，勾结情夫，在商人的饭里下了夹竹桃种子，可怜的商人竟被自己亲手种的夹竹桃送上了西天。从那以后姚大人知道，夹竹桃这娇弱美艳的植物，竟然是谋财害命的帮凶。

看着那几粒夹竹桃的种子，姚大人心里一动，迷雾一样的案情，似乎有什么地方露出了一丝缝隙。

北京郊外的海淀，有个很小的镇子，叫半截子镇。这是一个贫瘠荒凉的集镇，镇中心那条窄窄的小街两边只住着几十户人家，街尾被一条臭水沟拦腰截断，实在不能叫一条街，只能叫半截子街。挨着臭水沟的镇子尽头，有一个大杂

院，院里住着两个脚夫和一个卖油的，还有两户暗门子，一个叫崔红，一个叫梅喜。暗门子就是暗娼，这类暗娼并不打开门做生意，平时跟良家妇女一样，只有家里揭不开锅的时候，她们才倚门接客，赚点窝头钱活命。她们因迎来送往，见多识广，虽隐居民宅，却掌握很多不为人知的秘密。在这两家暗门子的旁边，就是李兴旺家。

一天，一个骑着小毛驴的外地商人来到半截子镇，小毛驴溜溜达达进了大杂院，就停在暗门子的门口。

崔红和梅喜很高兴，她们接待的这个城里来的客人，并不要她们的服务，却大方地给钱跟她们聊天。

姚大人坐在崔红的炕上，看见炕边角落里放着一个小推车，姚大人知道那就是李兴旺卖切糕的小车子。他喝着茶，抽着旱烟，真像个走累了的客商一样，跟崔红和梅喜有一搭没一搭地聊着家常。

随着聊天深入，李兴旺父子的生活渐渐展现在姚大人眼前。

李兴旺的人缘并不好，因为常年的病痛和生活拮据，他变得自私、乖张，又爱占小便宜。李二格却是个有情义的孩子，但因为脾气刚烈，也经常跟他父亲吵架、拌嘴。父子俩吵架最激烈的一次是今年春节前，李兴旺借常明叔父的印子钱快到期了，没钱还，父子俩为钱的事吵起来。后来李兴旺似乎要李二格答应什么事，李二格就是不应，李兴旺提着棒槌追着李二格满院子打，谁也劝不住。李二格跑得快，李兴旺追不上，索性坐在地上大哭，不一会就犯心口疼了，脸也白了，眼睛也向上翻了。李二格一看心软了，走过去对他爹说："你说什么我都答应你。"

第二天常明就来了，带李二格出去了一天，晚上李二格回来时手里提着半袋子棒子面，还有给他爹抓的药。后来常明就经常出入李家，渐渐地，镇子上的人都知道了李二格跟常明的关系，但碍于李二格的刚烈，谁也不敢当面说破。李家的日子明显好过了起来，春节还买了二斤肉，包了顿饺子。向常明叔父借的印子钱并没还清，但常明也不提。转眼到了正月十五，早晨李二格出摊去卖切糕，常明来到李家，在屋里待了很久才出来。他走后李兴旺从屋里出来，耷拉着脑袋，邻居跟他说话也不搭理。到晚上常明又来找李二格出去玩，这一去就再也没回来。

姚大人辞别崔红和梅喜出来，打道回府。刚到衙门，张贵送来一张字据，说是从常明叔父家的地窖里搜出来的。姚大人展开一看，是一张典卖的字据，字据上写明，将李二格典给内务府总管的大公子索朗三年。签署人是李兴旺，签署的日期就是正月十五。

孝鬼之人穷志短

看到这张字据，姚大人心里那道露出的缝隙，透进了一束光亮。

北京西四大街是个热闹的所在，但有一条胡同闹中取静，几乎无人往来，这是因为整条胡同只住着一户人家，几十丈长的胡同只有一个孤零零的大门。那是一个不太张扬的如意门，几阶青石台阶上去就是黑漆大门，门楣上的砖雕刻着一溜如意图案，在图案左侧的一块青砖上，刻着几个字，这几个字被刻意打磨过，但仍然能隐约看清刻的是“桃花墅”三个字。

这是索朗大公子的别院。这宅子当年因为富商被害而成了凶宅，谁也不敢问津。索朗仗着财大气粗买下来，花重金请风水师重新改建、布置，当作自己的私密乐园。他唯一没听风水师意见的，就是保留了后花园的一院子夹竹桃，他极爱这些妖冶绚烂的尤物。

此刻是正月十五的深夜，一轮明月高挂在明澈黑蓝的天空，这是李二格被害后的第一个正月十五，也是他一周年的忌日。高大的砖墙将院子和巷子隔成两个世界。院墙外一片寂静寒冷，院墙内灯火通明、笑语喧哗。

院墙外小胡同的隐蔽拐角处，静悄悄站着两个人，一个是姚大人，一个是张贵。张贵将肩上的褡裢放下，一边从袋子里往外掏东西，一边跟姚大人聊天。

张贵说：“姚大人，今天是李二格的忌日，这事要不是咱们记着，恐怕没人惦记。但我有一点不明白，常明跟李二格已经有了那种关系，也接受了人家的钱财，又为什么不同意进内务府伺候索朗呢？在我看来这是一回事啊。”

姚大人说：“在你看来这是一回事，在李二格看来这是两回事。李二格虽然迫于生计跟常明有了来往，但他并不想被人瞧不起，更不想一辈子背上娈童的名声。你记得李二格邻居家那两户暗门子吧？穷人也有穷人的脸面，他们的恪守在我们看来微不足道，但这是他们狼狈、困顿生活里最后一块遮羞布。”

张贵听完这话，叹口气，默不作声。姚大人接着说：“所以我推测，李二格被带进桃花墅之前是不知道真相的，等见到了索朗，他才知道被父亲当作娈童卖给了索朗。于是激烈反抗，终于招来杀身之祸。”

张贵接着问：“那么，李二格作为鬼魂，既已具备常人不能具备的神通，为什么不把索朗逼奸不成将他勒死的真相说出来，却反而诬告常明为凶手？难道

孝鬼之夜祭

他一个鬼魂也怕内务府大总管的势力不成？”

姚大人将一直捧着的手炉凑到嘴前，吹了吹里面的火，缓缓地说：“他一个鬼魂当然不怕大总管的势力，但他要是说出索朗，就势必会牵扯出父亲将他卖给索朗的真相。索朗是什么人大家都知道，卖给他不啻于卖给青楼。李二格虽然死了，但李兴旺还要做人，要是街坊四邻都知道父亲卖儿子做娈童，并逼死儿子的真相，李兴旺还有脸活吗？说到底，李二格就是要为父亲保留一点脸面。”

姚大人说到这停顿了，似乎也有所感动，停了半晌才说：“常明让叔父向李兴旺逼债，从一开始就是个圈套，就是为了最后将李二格弄进索朗府里。他利用钱财诱奸李二格，然后威逼利诱李兴旺卖儿，最后还帮着索朗毁尸灭迹。估计李二格对常明的恨更大于对索朗。再说，常明经常帮索朗买卖人口，赚了那么多昧心钱，也该有此一报。”

说到这里，张贵也将香烛纸马摆放完毕。他站起身对姚大人说：“李二格屈死在索府的真相只有我们知道，所以在这里祭奠他最合适。你说对吗，姚大人？”

姚大人点点头，放下手炉，整理衣冠，向着索府的高墙，深深一揖，说道：“二格啊，自从那天认尸之后，你就不见了，想必已经投胎，那是最好。但无论怎样，都请你不要再牵挂今生。你肯定已经知道，你父亲在认尸后整日以泪洗面，悔恨不已，最终自缢身亡。想来他也是个可怜之人，迫于生计出此下策。你们父子情深，到阴间团聚时，你千万不要怪他。”

姚大人说到这里，张贵接着说：“二格小兄弟，除了我们俩，谁也不知道你死在索朗府里的真相，一直给你父亲保留着脸面。你走了，常明也死了，追查索朗的线索就全断了。今天选择在这里祭奠你，也算了却你最后一桩心愿，你就放心走好吧！”

张贵话说到这里，蓝得发黑的天上突然洋洋洒洒飘下了雪片。雪片大朵大朵地落在姚大人和张贵的肩上，两人像披了一件雪氅。雪片飘过高大的院墙，轻轻落在索府花园里那大片大片的夹竹桃上，发出沙沙的响声，像是有人在轻轻耳语。

# 菜人

李三贵狡猾地眨着眼睛，那枯黄的脸上也焕发出一抹潮红，黯淡的眼神冒出一束绿莹莹的贼光。

# 菜人

周延升，河北邯郸人，三十来岁的年纪，已经出来做生意十几个年头了。他一直以贩大枣为生，把河北的金丝大枣拉到河南，卖完枣，再装一车河南的花生回河北，有时候也帮别的商家捎点烟叶、布匹什么的，赚点外快。他经年在河南、河北来回跑，风餐露宿，赚些辛苦钱养家糊口。

这年夏天的一个中午，他赶着马车翻过一座山，下了山就是河南境内，河南境内第一个县城就是河南杨县。杨县就像周延升的第二个家，他闭着眼睛都能摸到城门口。

正午时分，周延升到达了杨县县城门口。

杨县南来北往的客商很多，平时一进杨县县城，扑面而来的就是车马踢腾起来的滚滚黄尘，那黄尘迷得人睁不开眼。尘埃落定，就看见一溜车马店，车马店门口站着招徕客人的店小二，他们看到周延升总是立刻围上来，比着谁的嗓门大，看谁能把周延升拉回家。周延升总是慢慢地一家家走过，任凭那些店小二口沫横飞地跟着他拉客。最终他从容地将马车吆喝停下，赶进其中一家客栈的院子。

周延升很享受被店小二讨好的过程，这让他感觉到一种宾至如归的踏实。车马店西边，是李家锅盔店，锅盔店再过去一点，是羊汤馆。周延升节省，每次

菜人之进城

都在李家锅盔店买半斤锅盔，揣着锅盔再去羊汤馆喝一碗热腾腾的羊汤，就算一顿饭了。

周延升对这一条街熟悉得像自己的掌纹，他喜欢这里的人，喜欢听那各种叫卖声，甚至喜欢那扑面而来的黄土。

但是今天，他将马车赶进杨县城门后，既没有黄尘，也没有驴马，整条街静悄悄连个人毛儿都没有。唯有夏季的清风还像往日一样和煦，但是风中没有了黄尘，显现出从未有过的纯净，这种陌生的纯净让周延升感到有点心慌，他疑惑地慢下脚步。往里走，他看到了车马店门前寂静无人，风卷着地上的枯枝败叶，打着旋在门前徘徊。

周延升走近一家熟悉的车马店。院门半开，推门进院，院子里静悄悄的，阳光晒着院子东边一溜马厩，原来人喧马叫的马厩此刻安静无比，不仅没有骡马，石槽里连一根草都没有，整个石槽像被牛舔过一样干净。

周延升叫了声："有人吗？"

无人应答。

周延升在院子里将马拴好，信步走进店堂。店堂里空无一人，桌椅板凳上蒙着一层薄尘，看样子是有一阵子没人碰过了。周延升又来到院子里，左右看看，一片寂静，天上日头明晃晃地照着，地上只有他一个人的影子。

嗯？不对，他瞥了一眼自己的影子，发现身后某处还有一条人影，若隐若现，微微晃动。他凛然一惊，回身抬眼望去，发现身后通向后院的一根木桩子上，绑着一个人。那人瘦弱干瘪，头深深垂着，就像一根粘在木桩子上的稻草，要不是被绳子绑着，他早就倒在地上了。这人一身皱巴巴的衣服几乎跟墙壁一个颜色，所以很难一眼发现他，风吹起他的衣襟，似乎在微微晃动。

周延升快步走过去，托起那人低垂的头一看，不禁大惊，这人是车马店的老板赵六啊！往昔红润胖大的赵老板，此刻的脸几乎瘦成了一条，双目深陷，嘴唇突出，要不是有张人皮，简直就是个骷髅。

赵六已经死去多时了。

周延升轻轻解开赵六的绳索，将他放平到石槽里。

此刻他更加惊恐：他才一年没来，杨县到底发生了什么事？

正在这时，他隐约听到鼓乐声，他支起耳朵细听，发现鼓乐声是从西街传来。他立刻绕过车马店，直奔西街而去。

杨县县城西街，是杨县最繁华的所在，这里有金店、绸缎庄和钱庄，还有县城唯一一家妓院，这里是全县城的达官贵人经常光顾的地方。周延升很少来这里，除非为了办货，他才会特意来这条街采购。

周延升走到西街街口，惊讶地发现这里热闹得很，三三两两的顾客在店铺间穿梭来往，人们都穿得花团锦簇，一看就是有钱人。他们脸上带着笑容，面容红润安详，这场面跟刚才城门口的车马店，简直像两个世界。周延升注意到西街上的人大部分手里都捧着礼盒，陆陆续续往一家酒楼走去。酒楼前，一队鼓乐手卖力地吹着唢呐，在酒楼门前扭来扭去。

这个酒楼是全县城最好的饭馆，叫鸿运楼。

周延升站在街口愕然地看着这一切，一时有点恍惚。这时候身后传来一声脆响，他还来不及躲避，耳朵就被一根鞭梢扫过，留下火辣辣的一条血痕。他摸着耳朵回头刚要理论，却看到一辆豪华马车，轰隆隆驶过身边，车头上站着一个手持马鞭的大汉，马车两旁是一溜小跑的几个衙役。豪华马车旁若无人地从周延升身边掠过，停在鸿运楼门前。

马车刚停稳，从车上下来几个穿着绫罗绸缎的小丫头，毕恭毕敬地从马车里搀下来一个珠光宝气的老太太。等在鸿运楼门口的店老板和一干贺寿的客人，抢先几步迎出来，笑得见牙不见眼，冲着老太太作揖："老太君，小的给您拜寿了！"

周延升认出那老太太就是本县县令的老娘，他恍然大悟：怪不得这么大排场，敢情是县太爷的老娘做寿。他想到自己寒酸的穿着，就摸着火辣辣的耳朵远远站住，没敢靠近。这时候他突然想到，鸿运楼的厨子李三贵他认识，李三贵祖上是河北人，说起来他和李三贵还是半个老乡，李三贵经常买他的大枣吃。

周延升绕到饭馆后巷，打算去鸿运楼的后院找李三贵。

酒
酒
囍
莱人之西街

鸿运楼后院在一条僻静的巷子里，周延升推开鸿运楼的院门走进去，见院子里摆满了宴席需要的东西。地上放着大盆小盆，有的盆里是正在拔毛的鸡，有的盆里是褪好毛的鸭子，漂着羽毛的脏污血水在地上横流。

周延升绕着盆子往厨房走，不小心碰翻一个坛子，从坛子里"骨碌碌"滚出来一个东西，周延升赶忙弯腰扶起坛子，然后拾起那滚出来的东西。他刚把那东西拾到手里，就像被烫着一样"哇"地一声丢开手扔出好远。

那东西"骨碌碌"滚了几个滚儿停住，原来是一只小脚丫！不足一岁婴儿的小脚丫，从脚踝处整齐斩掉。

周延升再看旁边的大树下，立着好几个这样的黑坛子。

周延升看着这几个黑黝黝的坛子，感觉头皮一阵发麻，他心慌意乱，连蹿带跳直跑到院子东头的厨房房檐下。刚站稳，他就感觉一滴水滴在脖子上，他抬头一看，差点吓得一屁股坐到地上。

房檐下挂着一排铁钩子，就是肉铺里常见的挂肉的钩子，但这一排铁钩子上挂的却不是猪肉，而是齐刷刷的一排人手！足有五六只那么多。那些手都是从手腕处砍掉的，整齐干净。滴到周延升脖子上的那滴液体，就是顺着其中一只手的指尖滴下的血水！周延升吓得魂不附体，几乎尿了裤子。他也不想找李三贵了，只想尽快逃离这个恐怖的地方。

周延升刚要往外走，就听到一个熟悉的声音从身后的角门里传来："这么热的天，此刻杀了你，肉就不新鲜了，掌柜的要骂我的。不过你放心，我杀你肯定给你一个痛快的。"

周延升听出来这声音是李三贵，他推开角门，发现里面是个小跨院，院子的西北角大槐树下吊着两个年轻的女人，一个低垂着头似乎已经昏迷，另一个正苦苦哀求面前的男人。

站在两个女子面前的男人，正是厨子李三贵。周延升叫了他一声，李三贵回头一看，见是故人，立刻欢喜地跑过来，将周延升招呼到小跨院自己的西厢房里。

李三贵把周延升拉进房间，安排周延升坐下，倒了一碗水给他。周延升这时候才发现自己一天没喝水了，嗓子干得几乎说不出话来。

他端起水碗一气儿喝完，放下水碗，再看李三贵。才一年没见，李三贵瘦了很多，显得十分苍老。周延升没有寒暄就急切地问杨县到底发生了什么事情。

李三贵长叹一声，腿一抬蹲在凳子上，拿出烟袋挖着烟丝，声音低沉地说开了。

原来，河南今年大旱，杨县更是重灾区，大片的农田颗粒无收。冬天的存粮吃完后，饥荒就开始了。田里本来还有一点青苗，老百姓本指望用这点青苗熬过夏天，这时偏又遇上百年不遇的蝗灾，蝗虫遮天蔽日飞来，所过处一棵草杆都不会剩下，仅有的一点青苗也被蝗虫吃完。

官府本来给了救济的粮食，但县官扣住赈灾粮，和粮店老板勾结起来，哄抬粮价，囤积居奇。粮食比黄金还贵，穷人根本买不起，富裕一点的家庭为了买粮食也倾家荡产，很多商铺关门歇业，有的商贩干脆扔下铺子逃荒去了外乡。乡下十村有八村空了，能动的出来逃荒，不能动的活活饿死在村里。

周延升听到这里，才知道为什么车马店都关门没人了。他心酸不已：一年没来，心爱的杨县竟变成了人间地狱！

李三贵接着说，饥荒刚开始那几个月，大批的饥民涌进城里，这些饥民饿极了就抢，为了一口吃的，能砍死好几个人，很多小商铺都遭了抢。衙门开始还管，后来太多了也管不过来，索性不管了。到现在，全县城只有西街的店铺安然无恙，因为在这里开店的都有衙门撑腰，饥民不敢来。

周延升听到这里，疑惑地问：杨县遭此大灾，西街的繁华从何而来？

李三贵鼻子里冷笑一声说，自从饥荒开始到现在，官府不断地放钱放粮，这些钱粮都落在当官的人手里，这些人陡然而富，成了比过去更有钱的人。另外还有一部分趁着天灾发了横财的，比如鸿运楼。

这些富人的日子不但没有受到灾荒的影响，反而更加奢靡。这不，今天县太爷的母亲五十大寿，全县城的达官显贵都来了，送的礼都贵重得很，唯恐巴结不上。

周延升听到这里，想起来，他这一路走过来也碰到一些河南逃荒的，他也知道河南有旱灾，但不知道情况竟然发展得如此严重。看来天灾加上人祸，才是灭顶之灾。

周延升关切地问起李三贵的家人，李三贵眼圈立刻红了，他们家老少八口，目前只剩下四口，他爹娘还有两个孩子都饿死了。

周延升听了这话，禁不住流下了眼泪，陪着李三贵难过了半天。

哭罢，屋内陷入沉寂。这时周延升想起院子里吊着的两个女人，就问李三贵是怎么回事。李三贵说那是刚买的两个“菜人”。

看周延升疑惑，他解释说，今年春天的时候，树皮和草根就吃光了，饿极了的老百姓就开始吃路边死去的人的尸体，慢慢地有的人家还和别人家换着吃彼此的孩子。本来饥荒造成食物原料短缺，饭馆就难以维系，加上吃人的风气渐渐蔓延开，鸿运楼趁机推出一些人肉做的菜肴，统称新菜。

这样一来，有一些人就将自己的孩子或家人卖给饭馆，反正也是饿死，还不如卖了给全家换点吃的，或者换点钱去逃荒。这些被卖到饭馆的人就是“菜人”，就是即将被宰了做成菜的人。

说到这里，李三贵从桌子上拿过一摞木牌，那是饭馆店堂里挂的菜牌。他指着一个写着“红烧玉笋”的牌子说，这是用女人小脚做的菜，因为裹了的小脚尖尖的，形似竹笋，所以叫玉笋。说完又指着一个写着“清炖乳蹄”的菜牌说，这是用不足一岁的小孩手脚炖成的。

周延升顿时想起刚才在坛子里滚出来的小脚丫，胃里不由得一阵翻腾。

他听到李三贵前面说的那些灾情，感到浑身像被火烤一样难受，而现在听到这些，却觉得又一下被扔进了万丈冰窟，浑身冷得发紧，觉得快要窒息了。

这时候他偶然一抬眼看到李三贵，刚才悲伤泪流的李三贵，此刻双手摩挲着菜牌，眼神迷离，似有欲说还休的话。

周延升见状，不由得迟疑地问：“三贵，你，怎么了？”

李三贵看着他，诡异一笑，说：“你没吃过人肉吧？我开始也不敢吃，有一次饿极了，厨房大锅里正炖着一条人腿，我去尝了一口汤，嗬！真好喝，比羊肉汤好喝！日他娘！怪不得那些有钱人都喜欢吃新菜！从那以后，我经常偷点肉汤回家给我老婆还有两个儿子喝，有时候也撕点肉给他们带回去。他们吃得可香了。嘿嘿，我没告诉他们是人肉！”

说到这里，李三贵狡猾地眨着眼睛，那枯黄的脸上也焕发出一抹潮红，黯淡的眼神冒出一束绿莹莹的贼光。周延升一哆嗦，下意识地向后退了几步，跟李三贵保持五尺的距离。

正在这时，院子里突然传来一声惨号，听得周延升一哆嗦。他立刻顺着窗户向外张望，只见刚才吊在树上的一个女人，此刻被一个壮汉按在一块大石头上，壮汉手起刀落砍掉了那女人的一条胳膊，鲜血从女人的肩胛处喷涌而出，那女人疼得在地上直打滚，抽搐了几下就晕死过去了。壮汉头也不回，提着那条滴血的胳膊走出跨院，进厨房了。

另一个被吊着的女子悄无声息，周延升以为她被吓晕了，仔细一看，她浑身颤抖，双目圆睁，眼睛变成了一种死灰色。

周延升小时候替别人家放牛，他亲手养大的小牛犊要被主人宰掉，周延升躲在屠户的门外，亲眼看着小牛被捆绑四蹄，抬到案板上，那小牛眼睛里流露的，就是这种死灰，那是一种死亡来临前的绝望。

周延升突然感觉到自己的心被狠狠戳疼了，他指着院子里的女人问李三贵：这两个女子从哪里买来的？李三贵一边收拾菜牌子，一边漫不经心、答非所问地说："菜人不能马上杀死，天气太热，肉没办法保存，所以只能吃哪块砍哪块。这两个女孩是姐妹俩，我答应了让她们速死，不用活受罪，但张厨子先下手了，我也没办法。"

周延升还没等他话音落地，猛地从衣服里抻出自己的钱袋，扔到桌子上，急促地问李三贵："把那个女子买下来，要多少钱？"

李三贵看到周延升的钱袋，有点吃惊，刚想说什么，抬头看到周延升的神情，他咽下了本来要说的话，改口说："喔，我去问问掌柜的，也许并不太贵。"

李三贵走出去片刻，回来跟周延升说了一个数。周延升拉的一车大枣还没出手，身上只有这些帮客商买布匹的银两，他将胸前一块翡翠玉佩解下来，连钱袋一起塞给李三贵："就这些了！"

李三贵掂了掂玉佩，又掂了掂钱袋，将这两样揣到怀里，走出跨院找掌柜的去了。

周延升此时已顾不得许多，他迅速跑到院子里，走到树下解开了捆绑那个小女子的绳子。

菜人之孜女

那女子惊疑不定地看着周延升，突然双腿一软跪在周延升脚边，说：“大哥行行好，把我姐姐杀了吧！别让她活受罪了。”

周延升转头看了一眼那个躺在地上的女子，她断臂处血肉模糊，身下的大摊血水已经凝成黑褐色，眼睛半开半合，气若游丝。

周延升四下打量了一下，跨院里没人，他的心不由得狂跳起来，他平生从未杀过人，但李三贵马上就会回来，他不能多想。

周延升从胸口解下那条挂玉佩的丝带，两步走到地上躺着的女子身边，那女子双目紧闭仍然昏死，他一咬牙将丝带套在那女子的脖子上，反手一勒。事情比他想象的容易，那女子已经奄奄一息，没怎么挣扎就被勒死了。临死时，她用尽全身力气抬起头，睁大眼睛，深深看了周延升一眼。周延升一阵惊慌，差点松手，但那双眼睛迅速黯淡、翻白。

周延升确定他真的勒死了这个断臂女子，就迅速抽出丝带，站起身，走到槐树边，将那被解救的小女子扛在肩上，大踏步向院子外走去。

走出跨院，李三贵还没回来，没人注意他。他快速走出鸿运楼的院子，走到后巷，又走出西街，扛着那女子一路小跑直到城墙边的车马店。他从来不知道自己有这么大的力气。

周延升扛着小女子一口气走到拴马车的客栈，阳光下他的四轮马车静静地停在院子里。看到马车，周延升的眼泪一下涌出眼眶，他像看见亲人一样注视着自己的马车。

他将女子放到马车上，自己也坐上去，吆喝一声，马车就小跑着离开了客栈。周延升挥手一鞭，马车狂奔起来，直奔城门。跑出县城，沿着杨树林立的土路一直奔跑下去。

渐渐地，杨县县城被甩在了很远处，最后消失在视线里。

确定看不到县城了，周延升才将马车慢慢停下。他从马车上滑下来，发现自己大汗淋漓，浑身像从水里捞出来一样透湿、冰凉，而冷汗还在不停地顺着额头往下滴。他双腿发软，勉强支撑着走到马车后面，从麻袋里摸出一把大枣，递给坐在车帮上的那个女子。

那小女子自从被周延升背着出了鸿运楼的院门到现在，没说一句话，此刻她接过这把大枣，知道自己真的不会死了，突然放声痛哭，似乎一生的委屈、惊恐都融化在这哭声里了，直哭得天昏地暗，几乎背过气去。

周延升也哭了，两个逃出地狱的人，一个趴在车上，一个蹲在车边，痛哭失声。

被周延升救出的这小女子名叫秋雁，年方十五，家里原是杨县县城开染坊的，大饥荒使家里破了产，父亲为保住独苗儿子，将她们姐妹俩卖进了鸿运楼。

周延升将秋雁带回河北老家，改名叫留香，娶她做了妾。留香会印染技术，她帮周家开了一间染坊，生意很兴隆，周延升从此不用到处跑着做生意了。

周延升的老婆生了三个女儿，一直没儿子，留香娶进门第一年就给周延升生了一个大胖小子。儿子一落地，家人就发现他的胳膊齐着肩胛处，有一条细细的红线自肩胛环绕到腋下。周延升凝视着襁褓里的儿子，想起了一个人。

# 阴审

他若不是看上别人的美貌，又如何肯出手相救？
他救人便是要污人，发心卑琐，实乃污秽恶毒也。

# 阴审

自从梅镇李府的主人李嘉明和他的老婆艳芳、小妾艳梅相继去世后，李府就彻底荒凉了。李嘉明虽然娶了一妻一妾，但只有一个女儿，并且前几年已经嫁到邻县，所以他们一死，李府就空了。树倒猢狲散，仆从都四散了，府里只剩下忠顺和全福一老一少两个仆人。

全福父母双亡，被人贩子卖进李府为奴，也没有地方可去。忠顺则是从小跟着李嘉明，一辈子没结婚，此时年老体衰，又感念李家恩德，不愿弃府离去，于是他就和全福两人共同住在李府。

顺治五年秋天，梅镇连着下了一个多月小雨，每天下午，天就变得跟黄昏一样黑，远远传来滚滚的雷声，紧接着雨就淅淅沥沥下起来，一直下到午夜方止。老辈人都说，这天气有点邪性，多少年也没见过这样的连阴天。连阴天把李府里下人们住的房子都泡漏了，全福住的那间小屋本来就是茅草顶，雨水一泡就漏了。全福跟忠顺商量，想搬到小跨院住。小跨院离忠顺的房子不远，原来是二奶奶艳梅住的地方，房子小巧幽静。自从去年艳梅死后就一直空着，全福想搬到这里就是图省事，这里和忠顺的房子一墙之隔，进出很方便。忠顺说声也好，当天就跟着全福忙活起来。

艳梅的小跨院不大，上房一溜三间，进门是间小客厅，左边一间是卧房，卧房里有一铺炕，炕比较大，中间一个小炕桌。全福把炕桌挪到炕内侧，将自己的铺盖在炕外侧铺设停当。

挪炕桌的时候，全福发现在炕桌上有一把梳子，那是一把半圆形的绿檀小木梳，上面雕着一排细密的万字花纹，虽然古旧，却很清雅。自从艳梅死后这房间都没人来过，此刻桌子上却多了一把梳子，一定是哪个粗心的仆妇留下的。全福正想到这里，忠顺端着一条凳子进来了，他一眼看到全福手里那把木梳，脸色突然一沉，放下凳子，上前夺过全福手里的木梳，揣进自己口袋。全福看忠顺那样子，笑了笑什么也没说，他以为忠顺喜欢这木梳。

全福在小跨院住了几天后，一天夜里，刚过二更。雨淅淅沥沥地下着，全福躺在炕上睡得正香，突然觉得有什么东西在蹭他的脸，毛茸茸、软绵绵，同时还闻到了一股幽香。全福睁开眼，正看到离自己的脸两寸处，有一张人脸正凝视着他！

那张脸粉嫩雪白，似曾相识。头发蓬松浓密，松松地挽了个髻，垂下来的头发不停蹭着全福的脸。全福感觉全身一紧，差点尿出来，他大叫一声，手脚并用推开那张垂在自己面前的脸。但他手却推了个空，脸消失了，幽香消失了，房间里漆黑一片，寂静无人。

全福坐起来，环顾四周，除了自己的身影，屋里空无一人，刚才的一切显然是一场噩梦。他暗骂自己没用，被一个噩梦吓成这样。这时窗外雨停了，月亮不知道什么时候出来的，一束淡青的月光透过窗棂上糊着的薄薄的蝉羽纱照进来，将炕桌照得明明白白，全福看见炕桌上静静躺着那把半圆的雕花木梳！全福记得清清楚楚，他睡觉前炕桌上除了一个烛台，什么也没有。全福想到那张脸，激灵灵打了个冷战。

早晨，全福到忠顺的屋里找到忠顺，他问忠顺那把木梳在哪里。

忠顺闻言脸色一变，问："你要那东西做什么？"

全福也不回答，拨开忠顺就在屋里乱翻。他和忠顺很熟，连忠顺的钱藏在哪里他都知道，但是他翻遍整个房间，也没找到那把木梳。全福问忠顺把木梳藏哪里了。

阴审之噩梦

忠顺低声说：“丢了。从你那里拿回来，第二天就不见了。”

全福“呵呵”一笑，将怀里的木梳拿出来，向忠顺一晃，说：“你看是不是这个？”

忠顺看见木梳，浑身又是一哆嗦，伸手去抢。但他老胳膊老腿哪如年轻的全福灵便，全福一闪就跳到了屋外，一溜烟地跑到马厩，套上马车向李府外跑去。

全福赶着马车去了县城。他今天来县城是来买修房子的材料，在冬天到来之前，李府的几处漏雨房子都要修补好。材料买完还没到正午，他就在街上闲逛起来。

县城最繁华的鼓楼大街店铺林立，全福饶有兴致地边走边看。突然，他被一间店铺吸引住了，那家店铺门口挂一个大招牌，招牌上就是一个字“梳”。全福眼前一亮，想起了自己身上的那把木梳。他抬腿进店，掌柜的立刻笑眯眯地迎出来，问：“客官，要买什么梳子？我们这里所有梳子应有尽有，有檀木的、象牙的，还有翡翠的。”

全福掏出那把半圆形的木梳递给掌柜的说：“您看看我这把。”

掌柜的拿过那把木梳，翻来覆去地看，半天没说话。全福心想：一把老娘们儿用的破梳子，至于这么认真吗？莫非，这梳子很值钱？他打破沉默，问：“掌柜的，这把梳子值多少钱？”

掌柜的将梳子递给全福，若有所思地说：“我说不好，不过宫里的东西，都能卖点钱。”

全福一听，眼珠子差点掉出来：“宫里?!”

掌柜的说：“对，宫里的，不过不是现在宫里的，是前明宫里的东西，距现在应该四五十年了吧。”

全福听了又是一惊。他没想到这一把小木梳竟有如此辉煌的背景，现在他感觉这把小木梳万分神秘。

晚饭时分，全福回到梅镇。今天梅镇的天气阴得更是邪乎，下午在县里天气晴朗，赶着马车往回走的时候，天开始阴下来，越走越黑，到达梅镇的时候，天像个锅底一样压在头顶，像要把人压进地皮里去。全福快马加鞭回到了李府，

酒
茶
梳
阴市之木梳

一进大门，豆大的雨点就噼里啪啦落下。

忠顺做好了饭等着全福，全福没跟他提起梳子的事情，胡乱吃了几口饭，就去小跨院睡觉了。

当晚，雷鸣电闪，全福白天跑了一天，睡得很死，轰轰的雷声也没吵醒他。但睡到半夜，他却被一阵轻微的响动惊醒。他翻身坐起来，侧耳听，声音似乎在隔壁的客厅里，是嘤嘤的哭声，哭声很细弱，时断时续。全福浑身的汗毛“噌”地竖了起来。

全福正是十六七岁血气方刚的年龄，不信邪，他索性抄起门边那条胳膊粗的顶门杠，下床，猫着腰走进客厅。雷雨中的小客厅一片漆黑，伸手不见五指，那幽幽的哭声似乎来自院子。全福提着顶门杠走进院子，院子里空无一人，只有花墙边的一排芭蕉树，被雨打得“噼啪”作响。

全福顺着哭声走出小跨院。小跨院外面是李府花园，全福穿过花园，走到花园的墙下，耳听得那哭声似乎来自墙外。全福确定一定是街上哪个无家可归的可怜人在哭泣，他伸手将花园的角门门闩拉开，一阵细雨夹着冷风飘进角门，全福打了个冷战。

清冷的后街空无一人，家家关门闭户，漆黑一片，只有积水顺着房檐“噼噼啪啪”落在青石板路上的声响。全福握紧手里的顶门杠，站在雨里。这时候那哭声又飘过来了，这次比在李府听得真切很多，全福竟感觉这哭声似曾相识。他被这哭声弄得焦躁起来，决定一定要找到这个恼人哭声的来源。

他站在街头，仔细辨别了哭声的方向，竟然发现是来自后街东头的城隍庙。

梅镇的城隍庙距离李府的角门不远，高大的城隍庙此刻笼罩在黑暗的雨雾里，像一头蹲伏着的怪兽。全福留了个心眼，没有从正门进，他从旁边的小门直接钻进了城隍庙的后厢房。这厢房是客堂，是给祭祀的香客留宿用的，厢房隔壁就是偏殿。偏殿跟厢房之间只隔一道厚厚的织锦门帘，他摸黑走进厢房，听见偏殿里传来清晰真切的哭声。

全福屏住呼吸，在门帘边慢慢蹲下。他听到门帘那边一个很低微的声音在说话，那声音低到他勉强能听见，那声音说：“您看，他虽然做出奸污之事，却也救了两条人命。这算功过相抵了吧？”

这声音说完，全福就听到一个阴恻恻的声音，慢慢地说：“他若不是看上别人的美貌，又如何肯出手相救？他救人便是要污人，发心卑琐，实乃污秽恶毒也。”

这话音刚落，全福就听到一阵求饶的哭诉。全福听见这声音差点叫出来，这声音太熟悉了，这是李府老爷李嘉明的声音啊！全福的心被揪起来了，他轻轻将顶门杠放在地上，用一只手挑开织锦门帘的一角，向偏殿里望去。

一束幽兰的暗光从门帘缝隙里飘了出来，全福看见整个前厅笼罩在一片蓝光之中，光源就是几支蜡烛，而这几支蜡烛并没有在桌子上，也不在烛台上，而是飘荡在空中，幽兰的烛光远看去就像一簇簇游曳的鬼火儿。

全福慢慢探出半个身子，想看看到底有谁在偏殿。正在这时，窗外一道白光，两个连续的炸雷响彻天地，电光骤然照亮整个殿堂，全福看到殿堂里竟然站满了人！首先他看到站在地当中的一个红衣黑帽的汉子，全福认出那是城隍庙里供奉的城隍老爷，但此刻的城隍老爷瑟缩着身体，完全没有了城隍的威严。接着他看到城隍老爷对面的太师椅上，是屋子里唯一坐着的人。此人黑斗篷，黑胡须，看不清面目。而房间两边的角落，各站着几个青面獠牙的小鬼，东面几个小鬼手里按着一个人，正是全福的主人李嘉明，此刻他全身赤裸被五花大绑跪在地上，身上杖痕累累，像是待宰的羔羊。

这时，那黑斗篷又发出阴恻恻的声音：“这二人虽然有苦衷，但为了活命甘受此奇耻大辱，也属卑污之人！况且两人还是不全残躯，终难脱离地狱重新投胎！”他说这话时，那红衣的城隍低着头大气也不敢出。这时房间角落传来绝望的哭喊，全福顺着哭声看去，却正看到眼前不远处站立着几个小鬼，他们用手拽过来两个人。全福惊诧间认出，那就是他的两位主母——艳芳、艳梅！这两人也被脱得一丝不挂，被拽在地上爬着，凄惨地哭泣。这时候天空一道闪电，顷刻将偏殿照得雪亮，借着闪电全福瞪视着两位主母，他突然震惊地张大嘴巴，想说什么还没说出来，就一声不响地晕了过去。

一大早，街坊向忠顺报信儿，发现了昏死在城隍庙厢房里的全福。

忠顺将全福背回李府，安置在小跨院的炕上。全福当天就发起了高烧，接下来连续好几天他都人事不省。郎中来看过，说全福受到巨大的惊吓，需要静养。就这样，从秋到冬全福在床上躺了两个多月，才渐渐好起来。

立冬这天，全福已经能够下地行走了。到了晚间，忠顺去镇上买了酒肉，在厨房忙活了半天，弄了一桌子酒菜。他把酒菜端进跨院的小客厅，打算跟全福两个人好好吃一顿，也算庆祝全福大病初愈。忠顺在小客厅摆好酒菜，亲热地叫全福坐下来吃。

全福病愈后变化很大，他消瘦了很多，圆脸变成了长脸，脸上没有了往日的促狭和调皮，显得有些冷峻，目光也变得沉静，不再像小男孩那样。他面带倦容走到桌边坐下，忠顺殷勤地给他斟满一杯酒，全福却轻轻将酒杯推到旁边。忠顺有点尴尬，又给全福夹了一筷子菜，全福也不动筷子吃，却抬起眼睛冷冷地看着忠顺。

忠顺撑不住了，低下头说："你老看我干啥？"

全福缓慢地说："那把梳子是怎么回事？你一定知道，为什么不把你知道的事情告诉我？"

忠顺听了这话脸色瞬间变暗，不说话。

全福叹了口气，说："忠顺叔，我自小没亲人，一直将你当亲叔，现在主人去世了，我想着将来咱俩一起过，我给你养老送终。但现在看不行了，说不定哪天我就被活活吓死了。你忍心让我当个不明不白的鬼吗？"

忠顺听了这话，脸色白了，他也一直把全福当儿子看，对全福照顾有加，想着将来坟前也有个烧纸的人。此刻听了全福这些话，他颤抖着手端起了酒杯，一连干了三杯，抹了一把嘴，似乎下了很大决心，慢慢开口了。

说起来，那是三十多年前的事情了。明末天启年间，魏忠贤结党营私，残害异己，但后宫里的裕妃一直对他的淫威不买账。当裕妃怀孕时，魏忠贤深感威胁，于是用计将裕妃害死。裕妃死后，魏忠贤为了杀人灭口，又以欺君之罪将裕妃身边的太监宫女几十人，秘密抓起来弄进东厂，挖眼剥皮，残虐致死。当时裕

阴宅之小酌

妃身边有两个小宫女，一个叫福来，一个叫双桂，这两个人经常出宫为裕妃采买小玩意，就认识了商人李嘉明。裕妃出事的时候，李嘉明正在京城办货，忠顺也跟在身边。福来和双桂在情急中打听到李嘉明的驿馆，两人趁黑夜，化装逃出皇宫，投奔李嘉明。

李嘉明不忘旧情，冒死将两人藏匿起来，躲过了东厂的追捕，后来又将两人带回家乡梅镇。为了长期藏匿，李嘉明将两人改名为艳芳和艳梅，只说是买来的歌伎，娶两人为妻，过起日子来。

忠顺一口气讲完这段往事，不再说话，慢慢喝着酒，似乎沉浸在对往事的回忆里。

全福听完愣了一会神，然后死盯着忠顺，问："完了？"

忠顺点点头说："完了。"

全福撇嘴无声地笑了，两眼似笑非笑地盯着忠顺说："忠顺叔，我咋觉得没完呢？是不是你漏掉了什么重要的事儿？"

忠顺夹菜的手举着筷子僵在半空，他无力地放下筷子，一双眼睛游移不定地躲避着全福的逼视，结巴着说："你想听什么啊？你到底知道了什么啊？我求你别瞎打听了。"

全福长叹一声，端起酒壶给忠顺斟满，又给自己的酒杯添满酒，然后端起酒杯一口喝干，黯然说："忠顺叔，这个死结要是解不开，不但这宅子住不得了，我俩的小命早晚要搭进去。与其死在这里，不如我们各自逃命吧！"

忠顺一听慌了，急切地说："你要去哪里？你走了我咋办？"

说着他浑浊的双眼流下了两行老泪，鼻头也变得红红的，样子煞是可怜。

全福看了心有不忍，但他心一横还是站起来，腿碰倒了堵着房门的凳子，一阵狂风卷着雪粒顶开房门，凛冽的空气将两人吹了一激灵。忠顺似乎突然惊醒，他从椅子上滑下来跪在地上，顺势抱住了全福的腰，痛哭失声："全福啊，别走，别走啊。我都告诉你，都告诉你！"

全福回身将房门用凳子堵严实，弯腰搀扶起忠顺。老忠顺此刻已经哭得泣不成声，用手狠狠地擤着鼻涕，鼻头被揪得通红。他艰难地从地上爬起，在椅子

上坐下，开口讲起那段从未跟别人提起的黑暗往事。

那年，李嘉明带着忠顺进京办货，突然听说皇上最宠爱的裕妃死了，紧接着京城内外戒严，开始了大搜捕。

一天夜晚，他们驿馆的门被急促地敲响了，来人是裕妃身边的两个小太监，名叫福来和双桂。福来和双桂是宫中负责采买的太监，经常跟李嘉明打交道。此刻他们被东厂追杀，乔装打扮逃出深宫，情急中想到李嘉明正在京城，于是连夜登门求助。

李嘉明念及旧日情分，将两人在驿馆藏匿了几天。但风声越来越紧，李嘉明害怕惹祸上身，就婉言劝他们离开。福来和双桂听说李嘉明要抛弃他们，顿时面如死灰，万分绝望。两人双双跪倒在李嘉明脚下，哭得天昏地暗。

李嘉明本有龙阳之好，三十多岁了也没娶妻，最喜爱清俊的男童。他见这两人面容姣好，又长期受宫廷熏染，举止高雅，娉婷生姿，此刻更是哭得梨花带雨，我见犹怜。他不觉心念一动，于是搀起两人，告诉他们，要想永远避祸，最稳妥的办法是从此改成女装，做他的妻妾，跟他一起回乡度日。

福来和双桂听了这话都沉默了，毕竟是一辈子乔装改变，还要委身于他，从此任他摆布。但仔细想想，两人无依无靠，又是太监之身，现在走出这个门口，必死无疑。除了李嘉明说的这条路，也没有别的路可走。两人踌躇了一会，便点头同意了。

李嘉明平白得一妻一妾，又是宫里出来的丽人，喜不自禁。他忙命忠顺在京城寻一处清净的住宅，领着福来和双桂搬了进去。买来华丽女装，将福来和双桂打扮起来，又将他们的名字改成艳芳和艳梅。艳芳和艳梅生性就怯弱娇柔，时间长了也就习惯了以女身自居。

艳芳和艳梅都是大脚，李嘉明让忠顺买来软骨药粉，让两人喝下去，然后给他们裹成小脚。他又亲自给两人扎了耳朵眼，戴上环佩叮当的耳环。这样一来，谁也看不出这两个一身华服的俏丽女子本是男人。

在京城过了一年，三人尽享鱼水之欢，亲密得如胶似漆。此时追捕逃犯的风声早就过去了，李嘉明带上两位夫人还乡了。他们在还乡途中捡了一个女婴，为了掩饰身份，李嘉明对外谎称女婴是夫人生的。就这样，李嘉明带着一妻一妾还有女儿，大摇大摆回到梅镇，没有引起任何怀疑。

全福听到这里，阴郁的脸色舒展开来，心里所有的结豁然打开。

其实，那天在县城木梳店，掌柜的告诉他，那把木梳虽是宫里的东西，却不是女人之物，是前明宫里太监用的梳子。而全福在被卖到李府之前，曾在一个老太监家当仆童，他经常伺候老太监洗澡。在城隍庙那恐怖的雨夜，他发现近

阴审之合卺

在咫尺的艳芳、艳梅两位夫人身躯的私密处，竟然和他伺候过的太监是一模一样的！所以当时他又惊又吓，晕了过去。

忠顺接着说："后来明灭清起，虽然魏忠贤没了，但是这终究是个丑事，他们三人谁也不打算说出去，仍然这样过着。后来小姐渐渐长大，到了学习女红的年龄，艳芳、艳梅虽然形似女人，但两人谁也不会女红，老爷怕小姐看出端倪，早早给女儿许了亲家，将女儿嫁出去了。这样，三人就一起终老，直到陆续去世，周围人谁也没有发现这个秘密。"

忠顺一口气说出了这个压在他心头多年的秘密，说完他的立刻面朝南边跪地，一边磕头，一边喃喃地说："老爷，对不住了，对不住了。"全福走过去搀起忠顺，安慰道："忠顺叔，你别自责了。这一切都是天意。"

接着，全福讲起了那个雨夜他在城隍庙看到和听到的种种细节。全福自从那天在城隍庙被吓昏，到现在为止从没对任何人说过这些，今天他的心结全部打开，也不觉得害怕了，将自己那个雨夜里看到的、听到的一一讲出来，一边说，还一边比画。

但让他没料到的是，忠顺在一旁听着，脸色却越来越白，接着由白转青，毫无血色。窗外北风呼啸，忠顺的脑门上却沁出了一颗颗豆大的汗珠。全福全部讲完，看到忠顺的样子吓了一跳，他关切地问："忠顺叔，你怎么了？"

忠顺勉强笑了一下，虚弱地说："没什么，有点头晕，酒喝得太多了。"

全福心疼地说："忠顺叔，我这些日子生病，也把你累坏了。你今儿就别回去了，睡我这屋吧。炕烧得挺热乎。"

他边说边搀着忠顺进入隔壁自己的卧房，将炕桌挪开，扶忠顺在炕内侧躺下，给忠顺盖上被子。然后去客厅略微收拾一下，这才回到卧房，吹熄了蜡烛，在炕外侧挨着忠顺轻轻躺下了。

全福躺下却没睡着，他想着明天去老爷和太太们的墓地好好祭扫一下，再请和尚念念经文，超度一下，这样老爷和太太们就能跳出苦海，转生投胎了，而他和忠顺也能太平地住在这栋老宅子里了。过几年自己再娶个媳妇，就好好过日子吧。想着想着，全福也起了鼾声。

睡到半夜，全福觉得有人挠自己的脚心，怪痒痒的，他迷迷糊糊地以为是忠顺跟他开玩笑，缩缩脚，翻个身又睡。刚翻了身，他感觉一只手搭在了他肩膀上，轻轻拍了一下他的脸，他又以为忠顺撒癔症，就想用手把那只手推开。谁知他一摸那只手，摸到一只柔滑细软的手，而且，小指还留着长长的指甲！那是只有女人才有的长指甲，这绝不是忠顺的手！

全福一激灵醒过来，肩膀上的手消失了，他用手一摸炕上，本该躺着忠顺的炕内侧却空无一人。这时，借着幽暗的月光，他隐约看到炕角上跪着一个人。那人身影隐在黑暗里，一只手却向他不停地招手。全福吓惊了，猛地跳下炕，下意识用手摸到顶门杠。就在这时，他却看清楚那跪着的人正是忠顺。

忠顺一声不响跪在炕角，披头散发，手里拿着那把半圆的绿檀木梳，正一下一下慢慢地梳着自己稀疏花白的头发，看上去就像在不停地招手。忠顺的脸都隐在黑暗里，只有那花白的头发和手里的木梳反射着点点月光。

全福按捺住快跳出喉咙的心脏，定睛看忠顺，发现忠顺闭着眼睛，表情呆滞，只有手在机械地上下挥动。全福看了半天，才慢慢挪过去，靠近忠顺，轻拍他的身子，叫："忠顺叔，醒醒，醒醒！"

全福叫了几声，忠顺停下梳头的手，仍然闭着眼，"咕咚"一声躺在炕上，鼾声大作。全福再叫，却怎么也叫不醒。全福也不敢睡，索性披衣坐在炕头，一直熬到天明。

天一亮，全福翻身下床，走到屋外抓一捧雪进来，不由分说给忠顺擦脸。忠顺被冷雪弄醒，却没有被冷雪激得大骂全福，他慢慢睁开眼，痴呆呆坐起身。全福问他昨夜的举动，他茫然不知，两眼迷惑地看着全福。

全福想，忠顺毕竟老了，那些陈年旧事让他精神受了刺激，有点发呆，这也正常。等会儿祭拜过老爷和太太，再请个郎中看看，好好调理一下自然就没事了。

他顾不上多想，忙着套好马车，带着忠顺去街上买了香烛纸马，然后直奔李家墓地。

阴宅之附体

# 阴审

李家墓地在镇外三十里地的一片小树林子里，李嘉明去世得最早，此刻坟头上已经有了一些杂草，全福清理了杂草。扫净残雪，摆上祭品祭拜一番，又往西头两位奶奶的坟走去。

二奶奶艳梅是最后去世的，她的坟还是新坟的样子，整齐的黄土很干净，一根杂草都没有，也没有残雪。全福将祭品在坟前摆好，跪下来刚要祭拜，一抬眼，却发现艳梅的坟头上多了个东西。他刚想仔细看清楚那是什么东西，身后传来一声长号，这声长号简直不像人类发出的，不知道有多少压抑和恐惧才能号出这样的声音来。在初冬荒凉无人的坟地里，听到这长号，全福浑身的毛孔眼都炸开了。

全福回头看到发出长号的忠顺，忠顺不知道什么时候从马车上爬下来，站在全福身后。他的老脸抽搐着，用手指抖抖索索指着艳梅的坟头，眼睛几乎瞪出眼眶，大叫："来了！来了！他来了呀！"

全福循着他手指的方向看去，见他指的正是艳梅坟头上多出的那个东西。这下全福也看清楚了，那东西就是那把木梳子。

忠顺喊完这些话就跌坐在地上，脸上又是鼻涕又是眼泪，还有地上的黄土。他一会哇哇大哭，一会哈哈大笑，不断用手撕扯着自己的头发，"唔噜唔噜"说着话。

他的话前言不搭后语，全福断断续续地听到一些：“梳子我没给你带走，是我不对啊……二奶奶，你饶了我吧……我该死，我不对啊！”

全福诧异地想：就算是老忠顺见财起意，把本该一起下葬的绿檀木梳私自留下了，这也不是什么大事啊，他至于惊惧成这样吗？

但是，他马上就从忠顺的嘴里听出惊悚的内容：“大奶奶、二奶奶，你们嘱咐我的事我没办，害得你们俩到现在还是不全之躯……那东西我到底还是没放在你们棺材里，我有罪啊……害得你们在阴间受苦，不能投胎！都是我的错！我该下地狱啊！我该下地狱啊！”

全福听了这话，彻底惊呆了。

世人都知道，当过太监的人死后最重要的事，莫过于要保证来世投胎拥有健全之身。所以无论怎样，太监都要将自己切下的生殖器用各种方式保存起来，等死的时候一起下葬。如果因为什么原因无法保存切下的生殖器，在死的时候也一定要请木匠刻一个假的，安放在尸体上，这样来世才能作为健全人投胎，否则将不能投胎，一直在地狱受难。这是太监们心照不宣的法则，做过太监的艳芳和艳梅，一定在临终时托付唯一的知情人忠顺，让他将自己的器官跟身体一起下葬，而忠顺竟然没做！到底有什么仇恨，让忠顺如此歹毒地对待两位奶奶？

全福看着忠顺那张布满眼泪和鼻涕的老脸，突然觉得很陌生，他似乎透过这张懦弱、温良的面具，看到了另一张阴毒、狰狞的脸。

全福将疯疯癫癫的忠顺弄上马车，从墓地拉回家，把他关在房间里，委托邻居照看着，然后自己就去了邻县。

全福要去邻县拜访李家小姐。他进李府的时候小姐已经出嫁，所以他跟小姐并不太熟。他进了李小姐的婆家，在门口通报了自己的身份，李小姐立刻派人将他迎进后院小客房。

在小客房，全福认识了一个非常重要的人——小姐从李家带过来的老仆人忠良。忠良今年六十岁了，当年跟忠顺一同在李府当差。忠良说，忠顺进府不久，因为容貌清秀，就被老爷选成贴身仆从，非常得宠，老爷每次出门不带别人，只带着他。后来老爷带他去京城住了一年，回来时身边就多了两位夫人和一个孩子。从京城回来，老爷渐渐疏远了忠顺，那段时间忠顺非常苦闷，经常找忠良喝酒，喝多了就骂那两个夫人是阉猪。忠良问他受了什么委屈，他又不肯说。

全福听到这些，心里全明白了。

忠良说完，小姐就让他退下了。然后全福和小姐在小客房密谈了很久。

全福从邻县李小姐家回来，就忙活开了。

他先去本地香火最旺的戒台寺，找了一个法力深厚的高僧；然后又跑到邻县的县城，找到一个不认识的木匠，谈了一单神秘的生意；然后又去香烛纸马店，购买了大批香烛纸马。最令人不解的是，他最后又去了卖苇席的店铺，买了十大捆苇席。这样忙活了一个多月，时间已经到了二月初二，李嘉明的忌日快到了。

顺治六年初春，刚过了二月初二龙抬头不久，这天一大早，梅镇的人就看见很多和尚浩浩荡荡向镇外李家墓地走去，那是本地香火最旺的戒台寺的高僧，据说是要给李嘉明做五周年忌日。

和尚们走过去后是李府小姐的轿子，小姐的轿子后面跟着全福，他们穿过镇子，也直奔墓地而去。

人都到齐后，墓地里就响起了嘹亮的诵经声、木鱼声。梅镇人没见过这么大排场，都跑到墓地去看热闹。但是他们发现，环绕着李嘉明和两位夫人的坟地，搭起了一人多高的苇席墙，席子外面是围坐一圈的和尚。香烛、纸马、长明灯一样不少，和尚们诵经的诵经，敲木鱼的敲木鱼，烟火缭绕，很是庄严。但外人谁也不能靠近席子。

道场整整做了七七四十九天，做完后和尚们撤走，席子也撤掉了，墓地恢复成原来的样子。但有些细心的梅镇人说，两位奶奶的坟上有很多新土，好像被动过了。也有的人说，那是李家小姐孝顺，趁李老爷做五周年祭，给两位奶奶的坟上新添的土。

做完李嘉明的五周年祭祀，老忠顺似乎好点了，全福细心照顾着他，两人就一直住在李府，相依为命到老。

阴宅之超度

# 死生契阔

虽然后来再没见过面，但两人竟然生死相许。
一旦得知刘上福的死讯，她竟毫无眷恋，一对偷情男女，竟节烈如此！

# 死生契阔

杏苑是林府大院里一处不起眼的小偏院，庭院狭小，院子正中是一个小小的金鱼池，池边就是院子里唯一的一栋二层小楼，小楼只有上下四间房，楼下是客厅和书房，楼上是卧房。整个杏苑唯一显赫而招摇的，是那棵百年老杏树，这棵树树冠几丈宽，枝繁叶茂，下小雨时站在树下根本不会淋湿。这棵树在林家买下这座宅子的时候就有，老仆顺祥说，这样的杏树在陕西老家很常见，但在江南却是稀有的。每当夏天结杏子的时候，满树娇黄一片，远看去像一树黄云彩，看得人口舌生津。春末刚挂果的时候，大小姐心碧和小少爷心章就喜欢爬树摘青杏吃。那是心碧最开心的撒欢儿时光，坐在树上一边吃一边摘，还用青杏把树下的弟弟砸得哇哇叫。别看心章是男孩，爬树却比不过心碧，摔下来几次就不敢爬了，但心碧像猴子一样灵活，从没失过手。

老杏树还让心碧喜欢的是，每当烈日炎炎，她就躲到杏树的阴凉里乘凉。林府原是从陕西老家搬过来的，全家人都不习惯南方的潮湿和炎热，但躲在老杏树下，心碧觉得仿佛回到了老家陕西的夏天，风是干爽的，带着凉意的，连平时叮咬的蚊虫都少了很多。

但是现在心碧很少去杏苑了。小时候调皮，母亲不许她去她偏要去，总是喜欢违拗大人做点出格的事，去杏苑就是其中的一桩。这几年年纪大了，心碧越来越有大女孩的端庄、懂事，就算母亲不说，有些事自己也知道好歹了。

上次去杏苑是两个月前的事情了。心碧一进杏苑的月亮门，二姨娘桂喜就忙不迭地亲自端了条花梨小圆凳过来，放在心碧脚边。

心碧来杏苑都是在院子里玩，那花梨小圆凳也是心碧平时坐惯的。那天她刚想坐下，突然瞥见凳子角上有一小块水渍，心里顿时想起娘平时跟她说的话："偏房就是偏房，胎里带的都是腌臜、低贱的货。"娘说得对，你瞧，一条凳子都擦不利索。

心碧微微皱了一下眉，嘴上没说什么，却没坐那凳子，满院子转悠着走到老杏树底下。此刻杏树上挂了很多青杏，娇艳欲滴。二姨娘一看，立刻亲自跑回小客厅，端来一小碟刚洗好的青杏，从里面挑了一个又大又饱满的递给心碧。没想到心碧却像看不见一样，不接，反而自己从盘子里捏了另一个，拿起来，用牙白的素绢手帕擦了一下，这才放进嘴里。心碧的这些做派都跟过去大不相同，二姨娘有点尴尬，又有点惊慌，顿时不知所措。

看着心碧在杏树下转完一圈，二姨娘立刻将青杏碟子递给自己的丫鬟，然后自己小跑到凳子跟前儿，用袖子掸掸凳子，对心碧说："大小姐，坐这里吃。"

心碧将吃完的杏核朝金鱼池里一丢，用嘴示意跟着的丫鬟端过那一碟青杏，看也没看二姨娘一眼，径自走出了杏苑。

二姨娘站在杏树下，呆呆地看着远去的心碧，眼里有一点东西寂灭了。

从那以后，二姨娘对心碧虽然仍是巴结和讨好，但言语间多了一层畏惧和距离，再也没有之前的亲昵。对此心碧是满意的：自己长大了，对待下人要有个主子样，就像娘和爹对待下人一样。不能再像以前没个规矩，谁都可以跟她不分上下尊卑地胡闹。

杏苑的主人是父亲的二姨太，叫桂喜，这是娶过来以后改的名字。林宗义的四个姨太名字里都有一个喜字，二姨太桂喜，三姨太凤喜，四姨太荣喜，五姨太秋喜，这里面除了桂喜是在陕西时候娶的，其余的都是老爷林宗义在各地任职时娶的。林宗义这些年平步青云，从榆林县一个小小的知县，十几年工夫升

死生契阔之杏苑

任杭州知府。这些年林宗义带着家眷四处奔波，直到六年前才在杭州定居下来，心碧她们也跟着在杭州落户。

老话讲，甘蔗没有两头甜。林宗义虽然仕途顺利，但子嗣比较弱，娶了四房姨太太，加上正房赵氏，一共五个老婆，只有心碧和心章这一女一儿。心碧是大太太赵氏所生，心碧长到八岁时，四姨太荣喜才给林宗义生了一个儿子。儿子虽然是儿子，总归是庶出，心碧虽然是女儿，但毕竟是嫡出，而且林老爷又偏爱有加，所以心碧在家为所欲为，地位比小少爷心章还高。

心碧爱去杏苑，但对二姨娘桂喜谈不上什么好感，虽然她每次去，都能感觉桂喜真心的巴结和讨好，但她还是对这个闷葫芦二姨娘提不起格外的热情。无论心碧怎样，二姨娘对心碧倒是实心实意，不像那几个姨娘“嘴上抹着蜜，肚里一兜子坏水”。这句话也是娘告诉心碧的。小时候心碧还觉得二姨娘可亲，越长大越觉得她窝囊，别的姨娘说话、做事察言观色，八面玲珑，唯独桂喜少言寡语，一旦说起话来也畏畏缩缩，好像生怕哪句说错，随时准备挨大巴掌的样子。在姨娘里她本来是一人之下几人之上的位置，但因为她这种个性，所以反而在姨娘里地位最低，谁都可以使唤她，挤对她，慢慢地连林宗义也不太搭理她了。赵氏虽不喜欢那些伶牙俐齿的姨娘，但对桂喜，她言辞里也经常带着鄙夷和不屑。

这年初夏，又到了杏子成熟的时候。在一个闷热的午后，林府里一片寂静，连最勤快的仆人都去凉快的地方午休了，花草树木也被晒得蔫头耷脑的，只有知了声嘶力竭地高叫着。

这时候杏苑方向突然传来老仆人顺祥令人惊惧的号叫：“快来人啊，死人了——！”

这一声号叫像一把利刃，划开了林府的静谧，全府里的人都被惊醒，纷纷从房里探出头来，一边侧耳细听，一边用胳膊快速寻找衣物披上，脚找到鞋踏进去。

腿快的几个仆人已经跑到了杏苑门口，只见顺祥站在杏苑月亮门前，扭曲着脸，胳膊上托着大小姐心碧。心碧脸色惨白，双目紧闭，已经昏死过去。再看顺祥身后的杏苑里，一片血泊里，赫然躺着二姨太桂喜。

死生契阔之玉殒

赵氏随后赶到，看到昏死的心碧，她完全乱了方寸，一迭声地叫小厮弄个竹椅子来将心碧抬走，又吩咐赵管家快去找郎中，然后又想起来，叫来几个老妈子去地窖弄些冰块，给心碧擦身降温。

顺祥将心碧放到竹椅上，看着小厮们抬走，他转身走进杏苑。丫鬟仆妇都围绕着赵氏和心碧乱作一团，桂喜的尸体边没有一个人。顺祥慢慢蹲下身子，用手将桂喜圆睁的双目合上，然后捡起桂喜遗落在身边的一块湖绸手帕，将死者的脸盖上。他做完这一切，才看到林宗义急匆匆赶来。

林宗义一进门就看到桂喜的尸体，他眼圈红了，慢慢走到尸体旁边。这时候赵氏的远房堂弟赵管家也跟了过来，看着尸体，赵管家摇摇头“啧啧”了两声，说：“唉，没福气的女人，在林府是缺你吃了，还是缺你喝了？放着好日子不过，非要走这条路？”

林宗义听了这话才想起什么，抬头问顺祥：桂喜是怎么死的？

顺祥摇摇头说：“我也不知道，我是听见心碧的尖叫声才跑到杏苑的，过来一看，心碧晕在门口，再进院子一看，二太太已经断气了。”

林宗义听完，默默站着，半晌，长叹一声，挥挥手。赵管家立刻回头吩咐小厮：“赶紧抬进房里，弄冰块镇上，明天下葬，天热不能多停放。”说完又向跑远的小厮喊：“去买口厚实点的棺材，要体面的，别舍不得花钱，别让人家说我们林府小抠！”

林宗义听了赵管家的这些话，没有作声，但紧锁的眉头微微舒展，转身离开了杏苑。

桂喜死得蹊跷，林府上下不免议论纷纷。而说起来，只有晕死在杏苑门口的心碧，是桂喜死亡的唯一见证人。但心碧这些天除了哭，一字不说，赵氏怕心碧再度受惊，一个字也不让别人问。

就这样过了月余，这天心碧稍稍好转，过来赵氏房里请安，林宗义也特地从衙门里回来，陪着心碧吃了午饭。饭后，心碧躺在赵氏的卧房里休息，迷迷糊糊似睡非睡。外间是赵氏和林宗义在闲聊，林宗义和赵氏又说起了桂喜的死。桂喜死那天没有任何预兆。那天天气闷热，中午几个姨太太照例在大太太赵氏的

死生契阔之同悲

前厅吃饭，中午老爷跟赵管家在前厅对账，不回后院吃饭。

林府家大业大，几房姨太太，几处房产，乡下还有千顷良田，管理起来也颇费人力。内府家眷们的开销、丫头仆妇们的账目是赵氏管着；对外的开销、采买、地里收租以及在前院跑腿干活的男仆们的账目是赵登科赵管家管着。林宗义平时不太过问这些，但这段时间衙门事情不忙，他心血来潮，开始跟赵登科梳理账目。

赵氏领着桂喜、凤喜两个姨娘还有心碧和心章吃饭，四太太荣喜和五太太秋喜嫌热，都躲在自己房里吃饭，派丫鬟托病向大太太告假。赵氏嘴上没说，心里知道这两人是看老爷不来前厅，就托病不来。骚蹄子们，越来越张狂了。赵氏想到这里，吩咐桂喜，吃完饭去做一些杏酪过来，先给老爷送过去一碗，剩下的都端到前厅，大家一人一碗。

桂喜做的冰镇杏酪在林府是一绝，冰凉爽滑，清甜可口，而用料和工序也比街上买的杏酪丰富和复杂得多，平时轻易不做，只有大太太吩咐才做。听到要吃杏酪，心碧和心章都高兴起来，桂喜答应一声就去厨房了。这一去，赵氏就再没见过桂喜的活人。

林宗义说，那天桂喜来前院给他送冰镇杏酪，赵登科正跟他汇报家奴们的月钱开支，说到一个叫刘上福的男仆，是专管跑乡下田地收租的，北方人，不适应杭州的闷热，上个月得热病死了。才四十岁，挺可惜。所以把他从人头簿上勾掉，月钱就不必发了。林宗义对于赵登科的细心和及时禀报挺满意，夸奖了几句。

就在这时候，桂喜端着杏酪进门，听到老爷跟管家的对话，当时她的手颤抖了一下，杏酪在托盘里晃了晃，撒出来在红漆茶盘里一点，雪白凝脂，十分醒目。林老爷训斥了桂喜一声，桂喜放下托盘立刻退出去了。当时林老爷觉得桂喜有点异样，但后来也没琢磨出这跟她的死有什么关系。

林宗义跟赵氏在客厅闲聊。心碧躺在里间屋并没睡着，蒙眬中听到“刘上福”三个字，她的心一下子被攥紧了，呼吸急促起来。这三个字一下子将她拉进一个月前的那场惨烈记忆。关于那一幕她跟谁也没说过，但那一幕将永远刻在

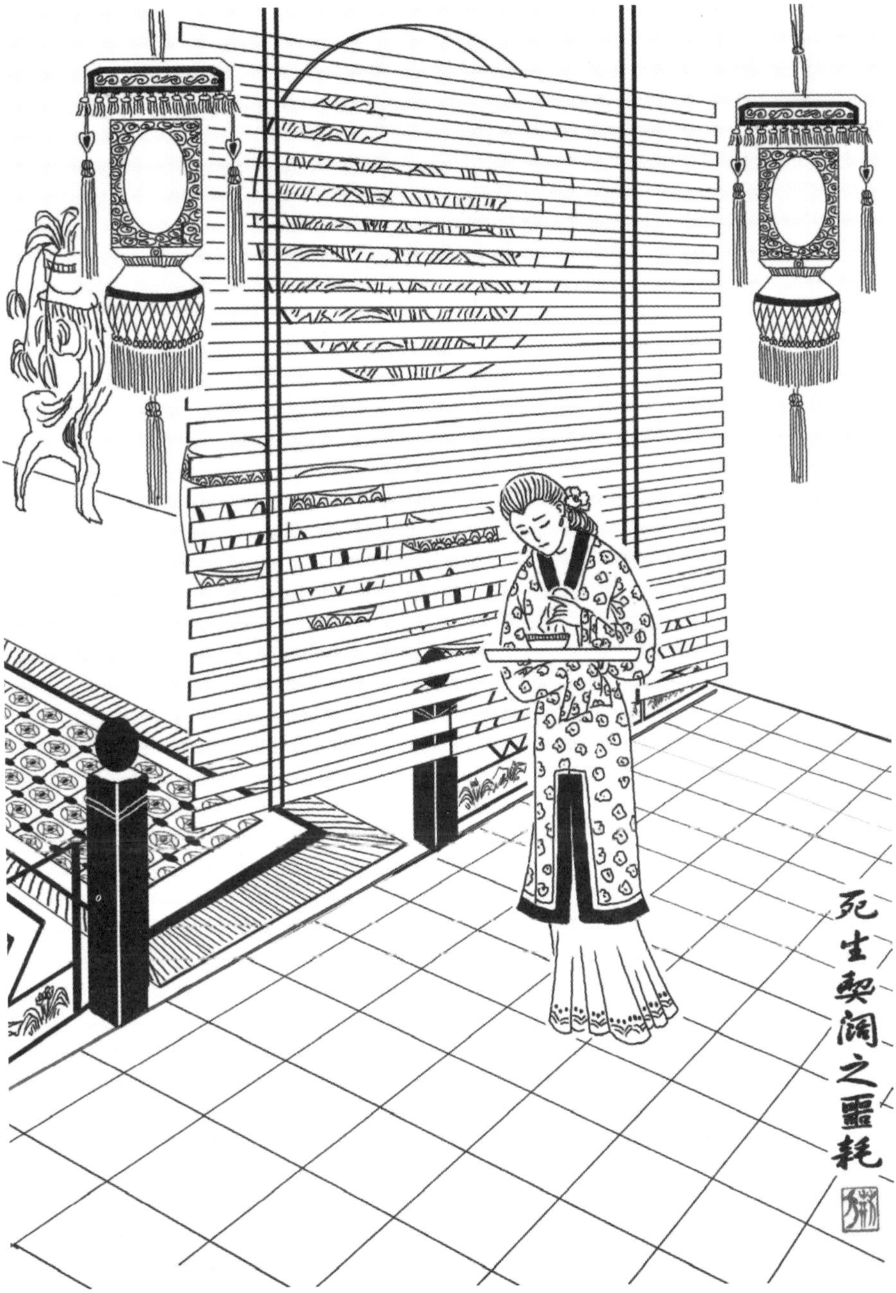
死生契闊之噩耗

心底。

桂喜死那天，心碧在房间等着吃杏酪，左等不来右等不来，丫鬟都困得打盹去了，她索性自己去厨房端。她来到厨房一看，静悄悄没人，几碗杏酪做好放在冰水里镇着，还没凉透，桂喜却不见踪影。心碧就去杏苑找桂喜，也想乘机到老杏树下凉快一会，这么热的天，最好的避暑之地就是老杏树了。

闷热的午后，除了蝉鸣，整个林府寂静异常。心碧穿过一片小竹林，走近杏苑的时候，听见里面传来嘤嘤的哭声。声音不大，但非常凄惨。心碧以为哪个丫鬟受了委屈在哭，就多了个心眼，没进门，趴在杏苑的月亮门边往里看。只见杏苑的二层小楼上，桂喜凭栏而立，头发散乱，满脸泪水，她一边用手捶打着栏杆，一边大声抽泣，看样子已经哭了很久。心碧有点吃惊，她从没见桂喜这么伤心过，在林府没人见过桂喜哭或者大笑，她总是一副木呆呆的样子。看到此刻悲痛欲绝的桂喜，心碧有点拿不准此刻该不该进院子。

桂喜哭了一会，渐渐平静，目光呆呆地盯着前方，前方是杏子娇黄的老杏树，没有一丝风，老杏树像凝固了一样纹丝不动。心碧抬脚刚要进杏苑，老杏树突然晃动起来，苍老的枝干发出"咯吱咯吱"的声音，它越晃越剧烈，像有一支巨手在死命地摇晃枝丫，叶子发出"哗啦哗啦"巨大的声响。天空没有一丝风，但老杏树却抖动得像狂风里的羽毛，杏子被甩落了很多在地上，黄黄地滚得到处都是。

闷热的天气里，站在杏苑外的心碧却感觉阵阵凉意。她惊疑地看着老杏树，还来不及细想无风的时候它为什么晃动，突然听到二楼栏杆边的桂喜高喊了一声，纵身一跃，从二楼栏杆翻了下来，头朝下直直地栽进金鱼池。她的头被池子里的假山石撞到，心碧听到"噗"的一声闷响，桂喜的身子被假山撞得弹开，落到池子边的鹅卵石地上。桂喜的脑袋被尖利的山石戳了个大洞，软软地歪在肩上，红的血、白的脑浆慢慢流出来，在青苔地上洇了一片。心碧定定地看着桂喜的尸体，她脑袋一片空白，嘴发干，想吐，却吐不出来，想跑，腿又发软，勉强站起来，却感到头晕目眩，尖叫一声晕倒在杏苑门口。

老杏树在桂喜落地的一霎停止了晃动，杏苑里外一片死寂，世界似乎静止了。

心碧那天醒过来后，关于桂喜的死一个字也没提。但她一刻也没忘记当时那诡异的场景，老杏树莫名地晃动，还有桂喜死前高喊的那个名字，对，那是一个人名——刘上福。现在，一个月后，竟然从林宗义的嘴里又听到了这个名字，心碧顿时惊醒，虚弱的身体出了一层热汗，被风一吹，打了个冷战。

桂喜死后，林府里除了心碧，还有一样东西变化很大，就是那棵老杏树。老杏树在桂喜死的当天夜里，突然凋零，满树碧绿的叶子一夜之间凋落，杏子也掉了一地。早晨仆妇推开院门，惊得呆住了，满地厚厚的绿叶，里面埋着数也数不清的黄杏，铺满了整个院子。三个仆妇花了一天时间才将落叶清理干净。树上掉的杏子，顺祥没舍得扔，洗干净做成了杏酱，酸甜可口，心碧那段卧病的日子吃什么都没胃口，只吃这杏酱充饥。

对于桂喜的死和老杏树诡异的凋落，林宗义心里疑团翻涌，他本身就笃信命理，对于阴阳八卦等也十分相信。他左思右想后修书一封，派人送给杭州城外飞来峰脚下的延一观，那里住着林宗义的多年老友王道长。王道长当年因为道观的地界纠纷求助林宗义，幸得林宗义的帮助，保住了道观，从此跟林宗义也成了朋友。因不同身份，两人平日来往不多，但遇到事情，王道长定会鼎力相助。

王道长来那天，正是桂喜死去的第四十九天，断七之日。王道长到达林府已是黄昏，天下起小雨，昏沉阴暗。王道长既没带桃木宝剑，也没要林府准备香烛纸马，寒暄过后，他在林宗义和赵登科的陪同下，在林府里兜兜转转，最后停在杏苑的门口。

杏苑的大门紧闭，已经被锁起来。林宗义让赵登科打开大门，屏退左右人等，只带着赵登科跟王道长三个人进入杏苑。杏苑里面一片萧条，鱼池干涸，荒草蔓生，蜘蛛网结得到处都是，要是不说，谁也不相信这里一个月前还是笑语莺声、浓荫蔽日的精巧宅院。

王道长慢慢围着老杏树转着，沉默不语。林宗义凑上前，轻声问："敢问道长，可否弄明白桂喜死亡的确切原因？"

王道长点点头，从怀里拿出一样东西，林宗义和赵登科瞪大新奇的眼睛。王道长拿出来的是一面小铜镜，只有巴掌大小，黄铜铸成，铜镜正面明净光亮，可照人影，背面刻满弯弯曲曲的咒符。

王道长不说话，慢慢转动铜镜，铜镜在昏黄的光线里竟反射出一道强光。这道强光越来越亮，就在林宗义和赵登科觉得强光刺眼、不敢直视的时候，强光突然"噗"的一声，在半空中化成了一个巨大的银盘，这银盘直径有半丈长，亮晶晶像一面镜子。不，就是一面镜子，那镜子里渐渐显出一棵树，树上结满了杏子，紧接着出现一个金鱼池，紧接着出现一栋二层小楼。这时候林宗义和赵登科都认出来，这画面就是杏苑啊！站在杏苑，又看到半空中幻化出来的杏苑，要放在平时可当作是看戏或者海市蜃楼，但此情此景，除了让人感觉毛骨悚然，没有任何感觉。

王道长并不看银盘，他对着铜镜念念有词。片刻之后，银盘里出现了一个女人，那是桂喜。桂喜从月亮门跑进来，手帕捂着嘴，似乎在哭，脚步踉跄，但跑得飞快。她跑上楼梯，进入二楼的房间，直奔雕花大床而去。她费劲地爬进床下，从床下拖出一个柳条箱，打开箱子的铜锁，在箱子里翻弄半天，拿出一双鞋垫。那是一双男人的鞋垫，依稀可见是粗布拼接做成。这粗糙的鞋垫绝不是林府之物，何况是一双男人的鞋垫！一个姨娘私藏一双粗糙的男人鞋垫，让林宗义看得不太舒服。镜中的桂喜一拿到那双鞋垫就开始痛哭，跪在地上捧着鞋垫哭了很久，然后她慢慢站起来，走到熏笼跟前，用火石点燃熏笼里的细炭。待细炭燃烧起来，她将鞋垫扔进燃烧着的熏笼里，鞋垫慢慢化为一股黑烟，消失在炭灰里。桂喜跪在熏笼边，呆呆地看了一会炭灰，突然转身走到二楼栏杆边。

桂喜站在栏杆边的时候，院子里的杏树突然狂乱地摇晃起来。桂喜哭着，突然高声大叫一声：“刘上福！”然后翻身从栏杆边跃下，头撞在假山石上，触地而死。画面到此为止，“哧”的一声，银盘寂灭了，杏苑里一片安静。

林宗义和赵登科听见桂喜死前嘴里喊的那个名字　刘上福，两人都倒抽一口凉气。

王道长似乎没看到林宗义和赵登科震惊的表情，自言自语地说：“看来桂喜的死，是因为一个人。这个人的名字是刘上福。”

林宗义眉头紧锁，赵登科浑身像筛糠一样，带着哭腔问：“这个刘上福，是二太太什么人啊？”

王道长没说话，接着转动小铜镜，不一会，“噗”的一声，那个银盘又出现了。这次，银盘里出现了一个北方的庭院，院子里阳光正好，桂喜正在晾晒衣服。银盘里的桂喜年轻、俊俏，水嫩的皮肤闪着光亮，她嘴角微微上翘，带着一丝羞涩和笑意。而在她对面，院子的另一边，是一个年轻的男人。赵登科看到这个男

人当即叫了出来："刘上福！"

年轻的刘上福正挑着两个水桶经过桂喜身边，他眼看着桂喜，眼神黏黏的，像系在桂喜身上的一根线。

就在这时，从门外窜出一条黑狗，一下子将刘上福扑倒在地，下嘴就咬，刘上福被咬得惨叫不已，满地打滚。而跟在黑狗后面冲进来的，是一个干瘦老头，他拿着一根拐杖冲到桂喜面前，劈头打了桂喜一拐杖，大骂："骚货，我让你养汉！”桂喜头上顿时鲜血直流，她又羞又怕，捂着头冲回房里去了。

林宗义看到那个干瘦老头，猛地认出，那是陕西榆林县城东街的财主孙老干。

那是十五年前的事情了，当年林宗义还是陕西省榆林县的县令，因娶妻赵氏后几年无子嗣，想娶一房姨太太。当年穷乡僻壤的榆林县令林宗义，穷得也就比百姓多个官印。媒婆来说东街里孙老干家有个小妾要卖，林宗义派人打听，听说那小妾刚买来俩月，因不守妇道，跟新来的长工有染，孙老干才要卖掉她。林宗义问媒婆有无此事，媒婆指天发誓说那女人冰清玉洁，都是一帮嚼舌根的货造谣。接着媒婆将那女人带来给林宗义看，林宗义见那女人身材苗条，年轻健壮，是能生养的胚子，就买下来了。这女人说自己叫六桂子，林宗义将她改名桂喜，就收了房。桂喜进门后低眉顺眼，沉默寡言，并不是多事之人，林宗义很满意。娶了桂喜第二年，林宗义就调任邻县，将桂喜和赵氏都带了去。此后一路调职，再没回过榆林。

林宗义沉浸在往事里，没有注意到银盘已经寂灭。他身边的赵登科凑过来说：“老爷，看来刘上福在陕西时就跟桂喜勾搭上了，他们是老相好！”

林宗义回身“啪”地给了赵登科一个耳光：“住嘴！”

王道长本来想说什么，看到这些，没有作声。过了一会，才斟词酌句地说：“刘上福和桂喜确实有私，但二人自从榆林一别，并无再见。”

林宗义听到这话，恼怒的神色转为疑惑，他看着道长。

王道长慢慢地说：“此铜镜为阴魂镜，凡是横死、暴死、自杀者，这些不能立刻投胎而滞留阴间的魂魄，在此镜中都能看到他们生前的状况。刘上福跟桂喜十几年前在孙老干家私通，为此，刘上福被孙老干毒打一顿，并被狗咬断了一根脚筋，撵出孙家。桂喜因为此事被再次卖掉。”

林宗义听了，心里暗骂当年那保媒拉纤的媒婆是王八蛋！

王道长接着说：“铜镜还告诉我，林家不久迁居邻县，那刘上福也跟着来到邻县，但并没有机会接近林府。后来林老爷官职升迁到了广西，刘上福也跟着

死生契阔之追随

到了广西，但也没有机会进入林府。直到六年前林老爷官至杭州知府，林府田产扩大，需要人手，刘上福才进林府当了差。但也不是在内宅，他只是在外面干干跑腿的事，根本没机会见到桂喜。”王道长说到这里，看了赵登科一眼。

赵登科被王道长看得一哆嗦，低声说：“你说这些内容我们刚才都没看到，你是怎么知道的？”

王道长看了他一眼，并不答话。林宗义瞪了赵登科一眼，赵登科立刻老老实实地说：“是是，那刘上福是奴才我六年前招进府里的，一直在做田产的收租和监管，并无任何机会进入内宅，根本见不到二太太！”

王道长微微点头：“因为孙老干家的事情，刘上福非常谨慎，绝不敢贸然行事。所以这些年他虽然一直不离林府左右，但事实上从未见过桂喜。他进入林府，桂喜根本不知道。”

林宗义此刻却打断王道长的话，接着说：“虽然后来再没见过面，但两人竟然生死相许。换句话说，桂喜活着，就是因为她知道刘上福也活着，而一旦得知刘上福的死讯，她竟毫无眷恋，一对偷情男女，竟节烈如此！”林宗义说到这里，神情黯然，长叹一声接着说：“桂喜这些年无论在孙老干家还是在林府，心里想的都是刘上福。”

王道长听了此话，缄默不语。

这时，赵氏打发丫鬟来，说饭菜已经摆好，请王道长去前厅用饭。

林宗义听到丫鬟的话，一迭声地说：“光顾说话，怠慢道长了。”躬身请王道长前行，王道长略略谦辞，两人前后走出杏苑。赵登科最后一个走出杏苑，他回头瞥了一眼暮色里的老杏树，打了个冷战，用颤抖的手锁上大门，一溜小跑没影了。

因为是内宅的客人，林宗义特地吩咐赵氏和心碧也一同陪王道长吃饭。饭毕，林宗义早派人打扫出一间清净的客房，送王道长过去住下。

在客房里，林宗义和王道长喝茶、吃点心，继续聊着。

林宗义问起老杏树为何突然凋零。王道长说：“百年老树或者古旧的物品，因常年接受天地精华，极易被阴灵附着，很多不能投胎的灵体，就暂住在这些东西里。这些灵体一般以修行为主，不会打扰阳间的人。”

王道长说到这里，喝一口茶，才接着说：“刘上福死后，因执念过重，记挂桂喜，所以没有投胎，他的阴灵就暂时居住在老杏树上，守着桂喜。但他深知桂喜对他的感情，一旦知道他的死讯绝不会独生，所以他不敢惊动桂喜。”

林宗义听到这里，撇了一下嘴，说不上是苦笑还是嘲讽，说：“没想到这种苟且之情倒也恩爱。所以桂喜一死，他也不见了？”

王道长没有抬头，专心摆弄着手里一块红糖枣糕，点点头说：“桂喜死的时候，他感觉到了，所以拼命晃动树枝，企图阻止桂喜轻生。但桂喜去意已决，还是跳楼身亡。他在万念俱灰下，也离开了杏树。老杏树本是半死之躯，经此折腾，随即凋零了。”

林宗义听到这里，认真地问：“那如此说来，刘上福和桂喜的阴灵都不能转世投胎了？”

王道长似乎明白林宗义的顾虑，他沉思了一会说：“我的铜镜只能看到过去，看不到来生。不过像此类情执过重的人，为了男女私情，可以抛弃一切，即便此生没有恶业，转世也很难再投胎为人。而桂喜是自杀之人，更难投胎转世，变成游魂的可能性较大。如果林老爷有什么担忧，不如安排一场法事，为桂喜好好做一次超度，也许她能尽快摆脱飘荡游魂之苦，转世投胎。”

林宗义点头称是。

第二天一早，林宗义派人去找赵登科，商量做法事的细节。王道长独自来到杏苑，他慢慢转到老杏树旁，抬眼看看树枝，又用手轻轻抚摸树干，陷入沉思。

这时候，林宗义怒气冲冲走进杏苑。王道长一看他的脸色，就说：“赵登科跑了？”

林宗义脸上的怒气换成惊异：“你怎么知道？”

王道长并没回答，拉住林宗义的袖子走近老杏树，用手轻轻一戳那树身，没想到壮硕的树身被他捅了个洞，“啪”地裂开，一束阳光射进树洞，只见洞里满是白蚁，正在阳光的照射下慌乱地四散逃开，原来那树身里面竟然空了大半。林宗义看了树洞，震惊极了。王道长微微一笑，对林宗义说：“林老爷，这棵杏树不是一个月前死去的，它死了五六年了。”

这时候林宗义抬头看看干枯的树枝，突然明白，那焦黑干枯的树枝完全不是才枯死一个多月的树才有的。

王道长说：“刘上福进林府后，为了进内宅当差，他百般讨好赵登科。赵登科喜欢服用壮阳药，刘上福听说飞来峰上有一种壮阳药，长在险峻的峰顶，他就自告奋勇去山上采。赵登科带着几个人跟刘上福去飞来峰采药，没想到刘上福失足掉下悬崖摔死了。赵登科将他弃尸荒野，自己带人回府。然后瞒报他死亡的事情，继续用他的名头领月钱、吃空饷。看到你查账查得紧，他才胡诌说得热病死了。”

王道长说完这些，又郑重地说：“所以说，真正的刘上福几年前就摔死了。你和桂喜听到的死讯，都是赵登科编出来的。”

看着林宗义不可置信的样子，王道长补充说：“这棵老杏树本没有这么多阳寿，你们买下林府的时候，它已经枯死了大半，只有少部分还支撑着。这些年的

死生契阔之险崖

繁荣是阴灵造成的假象，或者说是阴灵用自己的精气支撑了杏树。万物皆有灵，你们看到的是刘上福的灵，并不是老杏树的灵。”

林宗义听到这里觉得浑身发冷，抬头打量了一下那棵干尸一样的老杏树，脚下不由自主地后退几步。他恨恨地说：“赵登科这胆大狗才，瞒着我搞出人命，还吃空饷，听说还克扣工钱，在外面养小老婆。怕我拿他治罪，昨晚连夜逃走了。”

王道长呵呵一笑说：“怕你治罪是其一，他听说刘上福的阴灵附在杏树上，这才是他最害怕的。他怕留在林府，刘上福会找他算账呢。”

林宗义听了恨恨地哼了一声，没有说话。

林宗义听从王道长的安排，请来杭州灵隐寺的高僧，为桂喜做了一场隆重的法事，并且悄悄给刘上福做了个衣冠冢，重新安葬了。这之后，林府一直平安无事。

转眼到了第二年，是林宗义回乡祭祖的日子。林宗义是陕西榆林人，是大孝子，他父母早年在榆林故去，此后他每隔几年都要告假回乡祭祖。到任杭州知府后公事繁忙，他一直没有回家，所以这次告假很快恩准，他收拾行装择日就回乡了。

林家此次回乡不比往日，二品大员衣锦还乡，是榆林的大荣耀，乡里县里的达官贵人都来拜访。这天，他接见一个乡绅，乡绅自报家门是固原人。林宗义听到固原，心念一动，他记得桂喜就是固原人。于是他屏退左右，将乡绅招到小客厅。

林宗义听说乡绅本人姓刘，就问他知不知道有个叫刘上福的人。刘乡绅想了想，说知道这个人，而且他们是一个庄的，就是刘家庄。林宗义听了这话，觉得心一下被提到了嗓子眼。他沉下心，装作闲聊，问起刘上福的情况。

刘乡绅说，虽然是同庄的，但刘上福家世代佃户，跟刘乡绅家来往不多。而且刘上福的老婆十几年前被卖掉后，他就到外省逃荒去了，这些年一直没有音信。

林宗义听了这话，感觉一个不愿意被自己承认的真相正缓缓展开。他问，刘上福被卖掉的老婆叫什么名字？刘乡绅想了半天，说：“他老婆当年也是他父母给他买来的童养媳，很小就落户他家，好像没有大名，跟着刘家姓了刘，大家都叫她刘桂子。”

刘桂子，六桂子，林宗义的心“咕咚”一下落进深不见底的枯井。

刘乡绅接着说，固原十年九旱，加上周围土匪猖獗，当地百姓苦不堪言。刘上福逃荒那年，是固原大灾年，饿殍遍野，十村九空。刘桂子虽然是刘上福的童养媳，但跟刘上福非常恩爱，被卖掉时两人已经有了孩子，刚满月。公公婆婆趁刘上福不在家，将刘桂子换了两斗小米。刘上福回家得知老婆被卖掉，像疯了一样满村乱找，后来不顾父母的哭骂和哀求，抛下他们独自逃荒去了。

几个月后，土匪进村了，发现他家有小米，为了抢小米将刘上福的父母和孩子都砍死了。

刘乡绅说完这些，看看林宗义的脸色，又说，自己家在县城有亲戚，饥荒一开始就逃到县城去了，刘上福家的事情也是后来听村里人说的，就知道这么多。

林宗义送走刘乡绅，决定立刻回杭州。

林宗义回到杭州第一件事，就是派人去道观请王道长。派去的人很快就返回来，说王道长前几天云游去了，临走没说具体去哪里，也没说什么时候回来，但一应行李、书籍都带走了。

王道长的离开，其实暗合了林宗义的心思。三品大员的小妾跟原配丈夫殉情，这件事要被别人知道了，他林宗义岂不成了杭州城里最大的绿帽王八？而这件事王道长一定未卜先知，只是碍于面子没有跟他说破。现在王道长消失了，这件事再没有任何人知道内情，算是画了个圆满的句号。王道长是聪明人。

钱塘江岸边，一个幽静的小道观里，住着云游来此的王道长。早在一年前被请到林府时，王道长已经估计到有这一天。一听说林老爷回榆林祭祖，王道长就开始收拾行李了。

当时在杏苑看到的那些景象，只是真相的一部分。晚上吃饭时王道长见到

死生契阔之离家

心碧，他明白另一部分真相就在这个女孩子身上。

心碧是林老爷的掌上明珠，王道长早就知道。而且他还知道，心碧并不是林宗义和赵氏的亲骨肉。林老爷十分相信命理，自从心碧被人贩子抱进门，他的仕途一路顺利，从荒凉的榆林小知县，一路升为人间天堂的杭州知府。七品知县到三品知府虽说只差四级，但从榆林一个穷乡僻壤，到富庶的杭州，这中间的差别又岂止四级那么简单。所以林宗义内心里认为心碧是他的福星，对心碧疼爱有加。这一切王道长都心知肚明。

心碧是大奶奶赵氏买的，那年林宗义娶了桂喜，赵氏担心自己地位不保，就从一个逃荒的瞎子手里买了个刚满一岁的小女孩。赵氏给这个小女孩起名来弟，希望她能带来一个男孩。

没想到来弟到林府一个月后，林宗义就从陕西被调往邻县，官升一级，此后就一路高升，平步青云。来弟三岁那年，林宗义已经做到广西按察使。他将来弟改名为心碧，取李白那句诗词——平林漠漠烟如织，寒山一带伤心碧，意为来弟就是自己心头的那一抹翠绿。

来弟进门本来由桂喜带着养，直到三岁那年，来弟改名心碧，赵氏才将心碧搬进自己的房里安置住下。来弟进门的时候，林府除了林宗义和赵氏，只有桂喜和一个老仆，后来南迁的路上，老仆也得病死了。现在桂喜一死，林府里除了林宗义和赵氏，没人知道心碧不是大奶奶亲生。

断七那天，王道长见了心碧，感觉到了某种气息，这气息在杏苑时他就感到了，但很飘忽，直到见到心碧，他才确定这气息来自心碧。当晚他送走林宗义后，再次拿出铜镜，念念有词，房间里“噗”地出现一个扇面大的小银盘，银盘慢慢显出杏苑的影像。

那是浓荫蔽日、果实累累的杏苑，一个小姑娘欢快地跑进来，是十一二岁的心碧。她不顾顺祥的叮嘱，一口气跑到杏树下面，拉住树枝就往上爬。快爬到树顶时，突然一脚踩空，站在树下的二姨娘桂喜和顺祥一声惊呼。就在这时，从浓密的树叶里迅速伸出一只手，这只手稳稳地托住心碧的脚，轻轻将她的脚挪到一根树杈上放好。做完这一切，这只手悄无声息地消失在浓荫深处。杏苑里没有任何人看见那只手，站在树下的桂喜认为是心碧手脚灵活，顿时松了一口气。心碧更是毫无察觉，兴高采烈地坐在树上开始摘杏子，不一会就摘了一大堆。

心碧将杏子包进手帕扔到树下，然后自己利索地滑下树身。桂喜急忙搬来凳子放在树下，心碧一屁股坐下，满头大汗地嚷着热，桂喜忙不迭地用帕子给她擦汗，摇着扇子为她扇着。这时，心碧身后的树干上，慢慢凸显出一张人脸，那张印在树皮里的脸正是刘上福。只见刘上福鼓起嘴，对着心碧轻轻吹气。随着他不停地吹气，心碧脸上的汗干了，红晕也渐渐消散，不再喊热。桂喜也放下扇子，帮心碧擦杏子，擦一颗心碧吃一颗，吃完将杏核仔细放在桂喜的手帕里。

那张脸如果不是嵌在树干里，这就是一幅合家欢乐图。

银盘寂灭了，王道长将铜镜调整角度，再次念念有词，银盘里顿时出现另一个画面。

画面上出现了夜晚的原野，那是十几年前的刘家庄，荒凉贫瘠。年轻的刘上福拄着一根树棍，艰难地走着，他左脚瘸了，脚踝处胡乱裹着破布，脸上和身上都带着鞭痕。他慢慢靠近刘家庄，庄子不久前被土匪洗劫过，村民死的死逃的逃，此刻一片死寂，几乎没有灯火。刘上福见此情景加快脚步，走到自家院子里，院子里漆黑一片，刘上福从怀里掏出火石，点燃一根柴草，赫然看见院子当中躺着两具尸体，刘上福当即扔掉棍子，摔倒在地上，跪下，抚尸大哭。哭罢，他用席子将尸体裹好，冲着尸体磕了三个头，站起身，走进屋里。他在炕上慢慢摸索，像在寻找什么，摸了半天也没找到任何东西。这时候，隔壁人家传来婴儿微弱的哭声，刘上福跑出院子，来到隔壁一户人家，那家没有点灯，屋里坐着一个瞎眼的老太太，怀里抱着一个婴儿。刘上福抱过婴儿，泪如雨下，跟瞎眼老太太抱头痛哭。

刘上福跟老太太商量了几句，然后将婴儿用破床单包好，背在身上，瞎眼老太太也背了个包袱在身上，两人互相搀扶，慢慢走出刘家庄。两人沿着刘上福的来时路，一瘸一拐走向榆林县城方向。

死生契阔之情深

# 果报

张智成那日去庙里求的签上写着：

天网恢恢，报应不爽。恩怨纠缠，果报有度。

# 果报

水垣里挨着秦淮河，风景旖旎，商船众多，沿河两岸应运而生了许多卖笑人家，这些女子大多是水乡佳丽，婉转清丽，很受南北客商的喜欢，水垣里因此商业繁荣，人气旺盛，远近闻名。水垣里最大的青楼叫芸香院，在城里繁华的鼓楼大街上。芸香院几十个姑娘，按照姿色和年纪分成三等。最上等的住在芸香院华丽的雕花木楼三楼上，名叫高楼姑娘；第二等的住在雕花木楼二楼，名叫小楼姑娘；最差一等的住在后院的平房里，叫作平房姑娘。每次来的客人，老鸨子先迎进雕花楼的一楼大厅，然后按照客人的等级和钱财配给相应的姑娘。钱少的客人，踏破门槛也见不到高楼姑娘。当然，钱多也不一定就能见到。

比如这位河南客商，在芸香院的大厅坐了半个时辰，一个姑娘还没见到。

他是个远道的客人，二三十岁的年纪，黄面无须，猛一看似乎瘦弱斯文，但一双眼睛在转动间却透出商人的冷酷和狡黠。他叫贾高轩，名义上是贩丝绸的商人，实际上常年在秦淮河上贩私盐，发了横财。

贾高轩带着四五个随从，一进门就点高楼姑娘，老鸨子笑脸相迎，亲自伺候茶水。

茶围过后，老鸨子知道是第一次来的冤大头，命身边的老妈子去传高楼姑娘下来伺候。老妈子心领神会，转出门上楼去了。

其实高楼姑娘今天都有客人，根本腾不出空来，老妈子一看老鸨子给客人沏的茶是茉莉花而不是香片，就知道老鸨子是不打算让这位傻老爷见高楼姑娘的。

老妈子来到楼上，找到一位闲着的小楼姑娘，名叫凤儿的，如此这般安排了一下。

贾高轩被老妈子带到凤儿的房间。一个时辰后，老鸨子在后院突然听到前厅传来众人的哄笑声和嗷嗷的叫好声，一片嘈杂。老鸨子跑到大厅一看，却见凤儿赤身裸体，只穿一件红肚兜，被绑在二楼回廊的柱子上。雕花楼里的客人全都跑出屋门看热闹，男客们指指点点评论着凤儿的身体，淫邪的笑声不时响起。凤儿面色煞白，浑身哆嗦，眼睛闪着惊恐、羞辱的泪光，恨不得找个地缝钻进去，无奈双手被绑，动弹不得。

老鸨子急忙命人拿被子将凤儿裹下来，然后三步并作两步上到二楼。

贾高轩此刻稳稳地坐在二楼偏厅里，手里端着盖碗茶，嘴角带着促狭的微笑。

看到老鸨子进来，他笑眯眯地说："我是想让大家来看看，这丫头到底是高楼姑娘还是小楼姑娘？"

老鸨子一肚子怒气压抑着，软中带硬地说："这位客官，敢问姑娘什么地方冒犯了您？我们也是做生意，您这样做，让姑娘以后怎么做人？"

贾高轩沉下脸，眼睛里透出冷光，阴沉地说："你打量大爷我头一次来，就这么糊弄我？你去山海堂打听打听，贺秃子敢不敢糊弄我？"

老鸨子一听"山海堂"这三字，知道遇上硬茬了，先自软了腿脚。山海堂是秦淮河上最大的帮会，贩私盐、劫商船无恶不作，贺秃子更是杀人不眨眼的魔头，小小芸香院怎么敢惹？她立刻堆下满脸笑，用手轻轻在自己脸上扇了一巴掌，说："哎哟客官，都怪我这没用的老眼，不识金镶玉。啥也不说了，您说，要怎样您才能消气？我把高楼姑娘叫来，任您挑？"

贾高轩冷冷地注视着老鸨子，说："你马上去给我找一个一等一的模样、一等一的技艺的姑娘。"

果根之戏弄

老鸨子心说：这有何难？

贾高轩又说了："这姑娘不但要绝色，还要生脸，偏不要你芸香院这些姑娘。"

老鸨子一听，知道这分明是刁难。整个水垣里就芸香院姑娘最好，现在他不要芸香院的，上哪去给他找绝色的啊？笑容顿时有点发僵。但今天这碗酒再苦，也要伸脖子咽下，谁让咱得罪了人家呢？

老鸨子唯唯诺诺地退出，走到后院坐着犯愁。

黄昏时分，一个小丫头提着食盒匆匆走过后院，向偏门走去。小丫头穿过偏门走到街上，只见老鸨子远远追过来，从小丫头手里接过食盒，打发丫头回去，自己提着食盒往街上走去。

老鸨子提着食盒，转过几条街，在一个僻静的胡同里停下了。她停在一个院子门口，左右看看没人，伸手推开院子门走进去，顺手掩上门。

院子很小，是个长满青苔的天井，一条细细的鹅卵石甬道两旁种着几株芭蕉，甬道尽头是一座阴暗、静谧的老屋。老鸨子走到老屋门口，径直推开虚掩的木门，木门"吱呀"一响，显得非常刺耳。门开处，一线夕阳照进来，房间里的黑暗淡了一点，但还是看不清楚。这时候，房间西侧角落突然传来一个女人的声音："死逼浪货，你想饿死老娘啊？现在才来。"

老鸨子顺着声音望去，房间西侧放着一张紫檀木大床，床上凌乱地堆着被子和枕头，被子和枕头之间卧着一个女人，西侧唯一的一扇小窗透过一束微光，光线照耀在女人苍白的皮肤上，那皮肤几近透明。她一头青丝胡乱绾在脑后，慵懒地斜倚在一只蜀锦绣花大靠枕上，纤细的手臂无力地滑出黛青色的袖子，搭在枕边。此刻她并没有睁眼，只是用薄薄的嘴唇吐出这几个字，要不是这几个字，她看上去跟死人没什么两样。

老鸨子也不说话，走过去，将食盒往茶几上重重一顿，那女人睁开眼，抬眼一看不是丫头是老鸨子，她嘴角一歪露出一个笑。这一睁眼一笑，女人一下子活了，她的眼睛不大，但是十分妩媚，水波流转，嘴角边还露出两个小小的梨涡。如果不是她粗鲁的语言、苍白憔悴的面容，这女人就是个下凡的仙女。

果根之仙云

这女人看着老鸨子说："哟，芸香院的妈妈大驾光临，有何贵干啊？不会是来撵我出去的吧？"

老鸨子半笑不笑地看着她，话锋却十分犀利："仙云，你落到这一步可不怪我。我当年在你身上下了多大功夫，捧你成了头牌，那时候多风光。怪你自己不争气，染上脏病，一个铜子也不挣，还在这儿白吃白住着。你可去水垣里打听，有没有我这样的妈妈？"

仙云懒懒地一甩头发，说："水垣里？水垣里人谁记得我啊？都他妈是见新忘旧的王八蛋。"

老鸨子眼风一飞，凑过去淫邪地笑着说："今儿有个活，这可是你翻身的机会。"

仙云也不答话，翻身坐起来，打开食盒，对着那些菜皱眉头："死老鸨，我又不是没给你钱，你就天天给我吃这个？"

老鸨子一屁股坐在仙云身边，亲热地说："今天这个活你帮我应对过去，以后你不用给钱，想吃啥有啥！"

仙云眼皮也不抬，用手一撩裙子，露出雪白的大腿，只见大腿上点点暗红的疮斑。

老鸨子急忙用手掩上仙云的裙子，诡异地一笑，说："这个你不用发愁，妈妈都替你想好了。只要你肯出山，亮出你的绝活，其他一切都包在妈妈我身上。"

仙云这时才认真地盯着老鸨子看，她看到老鸨子认真的样子，突然就笑了。这笑容妩媚妖冶，瞬间就有了勾人魂魄的淫荡。

晚上，老鸨子神神秘秘地跑到贾高轩的客栈，请他跟着自己走。她带着贾高轩一行人来到秦淮河边，河边停着很多花船，贾高轩看了暗自恼怒，因为花船上都是一些容貌平庸、身份低贱的卖笑女子，贾高轩以为老鸨子要用这些女子敷衍他。正要发作，就看到远处一艘灯火辉煌的巍峨大船，慢慢游过来。这船足有几丈宽，船头挂着各式彩灯，客舱的窗户锦帘低垂，一派富贵、奢华。贾高轩一看，怒火顿时烟消云散。

# 果报

老鸨子引着贾高轩上了船，就吩咐解缆开船，船在夜色里渐渐离开码头，越划越远，直到两岸的灯火都依稀不明，才停下船桨。夜色里，只能听到哗哗的水声和鱼偶尔跳出水面拍打的浪花声，除此外周围一片静谧。

这时老鸨子将贾高轩迎进楼上客舱，转进一个花梨木月亮门，一个宽敞的客舱赫然出现在眼前，客舱内锦帘重重，暗香氤氲。她吩咐左右人都退下，将通向前厅的门帘也放下，只留一排面对水面的小窗，客舱就成了一间独立密室。她点亮几簇红烛后，也消失在月亮门后面。

贾高轩独自坐在客舱圆几边上，慢慢喝着酒，吃着菜，猜不透老鸨子葫芦里卖什么药。

这时候突然传来一阵清越悠扬的琵琶声，随着琵琶声在水面荡漾，门帘被掀开了，进来一个穿红丝绒斗篷的女人，怀里抱着一把琵琶。贾高轩正要问是何人，女人将斗篷猛地一掀，丝绒斗篷如水银坠地，一具女人雪白的裸体展现在贾高轩眼前。不，不是裸体，因为那女人虽然片缕未着，但身上用油彩画满了花朵。从两只胳膊开始，画着碧绿的藤萝和丰满的叶子，藤萝一直蔓延到胸前，胸前两乳被画成两朵盛开的荷花，深粉色的花心就是乳头。大腿上也布满了大大小小的荷花，被碧绿的藤萝贯穿其中，一直蜿蜒缠到脚踝。在荷花的花心和花蕾上，还点缀着亮晶晶的珍珠，随着她走动，珍珠轻轻颤动闪烁，昏暗的客舱满室生辉。

贾高轩呆住了，他一辈子眠花宿柳，自诩是风月场的老手，却从没见识过此种风情。

那位荷花女神斜斜地瞟了他一眼，嘴角上翘，露出两只梨涡，接着，她轻轻弯下身体，向他微行一礼。贾高轩抢上一步托住她的身体，顿觉滑腻柔软，满怀异香。贾高轩不觉心神荡漾。

女子后退几步，舞动手臂，慢捻轻挑，弹动琵琶，轻启朱唇：阴阴秦淮雨，淋淋浸我心。郎君不顾去，妾身冷幽魂。

那声音清灵悠扬，还带着一丝伤感，贾高轩听得魂魄尽失，如醉如痴。

清晨，贾高轩在一堆绫罗锦被里醒来，伸手一摸，玉人儿却已不在，唯有枕边散落的几颗珍珠。他急急叫来老鸨子，问昨晚那位仙女是谁。老鸨子早在船头候着，见问，神秘地一笑，说："这位姑娘并不是此地人，是南京到此游历的，玩几天就走，也不能让别人知道。"

贾高轩也知道此行的规矩，对于不熟悉的姑娘不能乱打听，因为有些绝色女子往往背景复杂，如果不想惹麻烦，就别问。于是就请求今晚接着相会，老鸨子沉吟不语，贾高轩叫小厮明玉进来，拿出五百两银票塞给老鸨子，老鸨子含笑答应了。

晚上，玉人儿又如约而来，这次她全身画满了牡丹花，每一瓣花瓣上都撒满金粉。

一连三日，玉人儿每天晚上来，清晨离去。贾高轩日夜住在船上，吃喝玩乐，快活似神仙。

转眼几天过去，离贾高轩回乡的日子已经过了几天。贾高轩不得不告别玉人，贾高轩和玉人儿难分难舍，如胶似漆地约定来年再见。然后弃舟登岸，直奔河南而去。

# 果报

贾高轩带着一行人匆匆离开水垣里，走了两天，来到一个不知名的小镇。天近黄昏，贾高轩决定下榻在这个小镇。

小镇上只有一家客栈，客栈很简陋，老板一家人住前院，后院四间是客房。贾高轩几个人将客房包下，安歇了。

贾高轩舟车劳顿，晚上吃点东西就睡下了。睡到半夜，他被尿憋醒，刚想下床找夜壶，却听到院子里有声音，这声音忽大忽小，时隐时现，好像一个人在低泣，又好像一个人在低语。但听不清说的什么。

贾高轩心想，这后院里只住着他们一行人，半夜怎么会有说话声？莫非闹贼了？

他翻身下床，轻轻走到窗口，用手指捅破粗糙的窗纸向外看。只见黑暗空旷的院子里，一个人远远地背对着他，跪在地上，低着头，口里念念有词。而那人的前面，似乎有火光闪烁。贾高轩借着那一点昏黄的火光，仔细盯着那个背影看了半天，觉得背影十分熟悉。这时那人转过身来，从地上的包袱里掏出了一样东西。他这一转脸，贾高轩终于认出来，这不是别人，正是自己的小厮明玉。

明玉十五六岁，是贾高轩几年前在安徽买的。贾高轩不但喜欢女色，也颇好男风，这明玉身材修长，长相俊俏，买来以后就成为贾高轩的娈童。明玉平时沉默寡言，贾高轩也不曾多留意过他，看到明玉此刻鬼祟的样子，贾高轩不禁惊疑。

明玉从包袱里掏出的是一双女人的弓鞋，尖尖小小，鲜红的颜色，在火光的映衬下十分扎眼。他将小鞋摆在地上，郑重地对着鞋磕了个头，就低声哭起来，边哭边嘀咕着什么。

贾高轩决定先不惊动明玉，明天早起再细细问他。于是悄悄回到床上，继续睡觉。

第二天一早，他叫人将明玉带到他的房间，明玉进来，他让明玉插好门闩。明玉转身刚插好门，贾高轩突然飞起一脚将他踹在地上，明玉吓得脸色煞白，跪在地上瑟瑟发抖。贾高轩压低声音问他：昨夜鬼鬼祟祟在干什么？可是在搞什么妖术？

果根之祭姐

明玉一听昨夜行为被发现，又怕又悲，他知道贾高轩平生不信鬼神，最恨神棍、巫婆，他不敢撒谎，只得实话实说，哭哭啼啼地讲开了。

如果说昨夜明玉的举动让贾高轩惊疑，那现在明玉的话，听得贾高轩头皮发麻，脊梁沟直冒凉气。

明玉说，几日前他们在水垣里遇到的那位小楼姑娘凤儿，其实是他的亲姐姐。

明玉家本姓木，原本是安徽盂县的大户人家，几年前，他祖父突然跟贼人结仇，一家十几口尽被贼人砍死在家中。木家偌大的家族，只剩下明玉家这一支。明玉一家当时外出不在，幸得躲过。后来官府又说是明玉的父亲勾结贼人杀父弑母，追捕明玉一家。明玉父母带着明玉姐弟俩逃往外乡。在逃亡的过程中，明玉和母亲两人跟父亲和姐姐失散。后来明玉的母亲贫病而死。为葬母，明玉自卖自身，跟了贾高轩。

明玉跟姐姐失散了五年，这期间姐姐去了哪里他并不知道。但前几天在芸香院，他看到被绑在栏杆上的凤儿，突然认出那就是姐姐。只是当时情况混乱，他不敢贸然相认。后来就跟着贾高轩来到花船上，一连几日都不得下船。

贾高轩听了明玉这番叙述，暗自称奇，他接着追问明玉如何得知凤儿自杀。

明玉说到这里，不由得双眼含泪，哽咽难言，说："那日我趁你熟睡，偷偷游水上岸，跑到芸香院，进去悄悄打听我姐姐的情况。一个杂役告诉我，凤儿已经不在芸香院了，你把她绑在栏杆上，客人都看到了她的身体，老鸨子觉得她不值钱了，第二天就被卖到花船上去了。我又跑到花船上去打听，花船上的人说，我姐姐经此一辱，一时想不开，到花船没几天就投水自尽了！捞上来的时候人已经断气了。"

贾高轩听了这话，脸色微变，沉吟一下，问："你说那凤儿投水自尽，可是真的？"

明玉抽泣着说："是真的。我还到她坟上去祭奠了。昨夜正是她的头七之日，我才在院子里烧纸，祭奠她。"说完，从怀里拿出那双鲜红的弓鞋，哭着

果报之投水

说："这是花船上的人捡到的，就漂在姐姐落水的河面上。这是我姐姐唯一的遗物。"说完大哭不已。

贾高轩看着伏地痛哭的明玉，眉头微皱，心里快速盘算着。突然，他眉头一展，伸手搀起明玉，温言劝慰说："你也不必难过，明日我给你盘缠，你回去水垣里，重新修缮你姐姐的坟，再好生祭奠一番，也表达我的歉疚之情。"

明玉听了，立刻跪下，磕头如捣蒜，哭着说："多谢老爷抬举，我姐姐泉下有知，下辈子做牛做马也会报答你。"

贾高轩打着呵呵说："好了好了，别说这种话，你知道我不相信什么下辈子。"

第二天清晨，贾高轩带着三个仆役从客栈出来，匆匆上了大路，绝尘而去。

客栈里，留下仍旧酣睡的明玉。昨晚他被贾高轩强迫着喝了好多酒，到现在还没醒酒。贾高轩走后，店老板带来了一个管家模样的人，走进明玉的客房，指着床上睡着的明玉说："就是这个人。他主子让我卖二十两银子，你掏十五两，就让你领走。"

贾高轩家住河南辉县，位于河南、山西两省交界处。其实他祖上并不是河南人，他太爷爷那一辈从山西迁徙到河南，辗转了几个地方，终于在辉县定居下来。

贾高轩是独子，两个姐姐已经出嫁，家中只有父母还有老婆贾李氏。贾李氏给贾高轩生了一儿一女。贾高轩的奶奶还活着，老人已经七十多岁，但身体还算硬朗。

这次贾高轩从外地回家，是因为家中来了一位客人。这位客人姓张名智成，是贾家的故旧，从贾高轩爷爷在世的时候就有来往。张智成的父亲早年间在山西被贾高轩的太爷爷收留，教他父子二人学手艺做生意，所以张智成这一家人都感念老太爷的大恩，这些年一直没有断了来往。张智成常年往返于河南山西一带做生意，所以时常来贾家探望。

张智成的父亲早已去世，张智成的年龄比贾高轩的父亲还大一些，算是贾家的忠厚长者，但贾高轩挺烦他，因为他每次一来不是摆出长辈的谱，教导贾高轩积德行善、忠厚持家之类的废话，就是提起老太爷，话说当年，一说就哭，他一哭贾高轩的奶奶和父母也哭，好像有什么过不去的伤痛，弄得贾高轩心烦意乱。

贾高轩家当年从山西来到辉县，是一穷二白，这些年苦熬苦挣也创下了一些家业，加上贾高轩从外面弄的钱，贾家也算辉县县城首屈一指的富裕户。辉县靠近太行山，贾高轩在太行山脚下建了一所别院，离家几十里路。贾高轩嫌家里规矩多，自己没事就去别院住着，召唤一些酒肉朋友去胡作非为，无人管束，倒也逍遥自在。

贾高轩知道家里来的是张智成，回到辉县就没急着回家，去别院住下了。最近这一段时间他有些累，生意越来越不好做。前几年挣钱像流水一样顺畅、轻松，这几年却有些吃力，费的劲比原来多，挣的钱却比原来少。这次回家想好好休息一下。

虽是秋凉，秋老虎还是有些威力，午饭后，贾高轩坐在别院花园里乘凉，他悠闲地摇着折扇，半躺在湘竹躺椅上，远远望着院子角落遮天蔽日的大槐树。这些年在外面东奔西走，很少享受这种宁静的时刻。

北方的花园不像南方那样草木葱郁，但贾高轩就喜欢绿荫蔽日的感觉。盖好院子时，他一看都是新种的小树，嫌没有气魄，就命人去山上挖树，这棵槐树正长在别人家坟地里，人家不让挖，贾高轩连吓唬带给钱将那家人摆平，将树挖回自家院子种上。

说起这老槐树，家里人没少埋怨他，因为有一种说法，庭院里不宜栽种槐树，槐树极阴，槐字拆开就是木头鬼。再说这树是从别人坟地上挖来的，更加不吉利。贾高轩却不信邪，每次看到这棵郁郁苍苍的大槐树，心里都特别舒坦。

此刻他目光顺着树冠慢慢往下移，掠过粗大的树身，落在树脚下的一丛草里。那是一丛普通的狗尾巴草，个别草尖已经泛黄，只有草根处还青翠依旧，就在那深绿的草根处，藏着一点红色。庭院里并没有种花，除了深深浅浅的绿就是灰色的青石甬道，这艳艳的一点红色，十分扎眼。

果报之秋意

贾高轩微微侧身，这次看得更清楚了，那一点红色面积不小，不止一朵花的大小。他干脆从竹椅子上坐起身，探头一看究竟。原来那抹红色是一只弓鞋，小巧精致。弓鞋是女人最私密的物品之一，跟抹胸一样私密，不知道为何落在这里。贾高轩高声叫来仆人永贵，永贵跑过来问什么事。贾高轩用扇子一指大槐树，有些愠怒地说："去把树下那只鞋捡起来，问问是谁的。这种东西也能乱扔？"

永贵答应一声就朝槐树跑过去，围着树转了一圈，回来告诉贾高轩，没有看到鞋子。

贾高轩坐起身，一扇子拍在永贵头上，骂："你瞎啊，那不是吗？"

说完用扇子一指。随着扇子指过去，他的目光也落在刚才弓鞋的位置，但他的话戛然而止，因为那里只有一丛泛黄的狗尾巴草，哪有什么红色的弓鞋！

永贵摸着被拍疼的头顶，诧异地看着贾高轩，贾高轩愣愣地看着那丛狗尾巴草。两人都不说话了。

晚上，贾高轩一早上床睡了，明天要进城去父母那里，拜见高堂。

吹灭了蜡烛，他钻进锦罗帐里沉沉睡去。正睡着，突然觉得一股凉意袭来，然后露在被子外的手就被一个凉凉软软的东西压住了。他睁开眼一看，只见床沿边上坐着一个女人，上面穿一件水红色撒花小衫，下面是一条湖绿绉纱裙，侧头向床尾方向坐着，屁股正好坐在他的手上。一般人的肌肤都是温热的，但此人的肌肤却是冰凉的，贾高轩的手指感觉一阵彻骨的冰冷。他用力抬头，想看清楚那个女人侧着的脸。无奈头沉重得像灌铅，一动也不能动。

贾高轩定睛看这女人的装束，觉得非常熟悉。这时候那女人却慢慢回头，面向贾高轩，贾高轩一看，差点惊叫出来，因为那女人竟然是小楼姑娘凤儿！

凤儿冷着一张脸，静静地看着他，贾高轩惊吓过度，反而喊不出声音。凤儿冷冷地看了他片刻，回过头去，不一会又转过头，却变了一张脸，变成花船上那玉人的脸。贾高轩内心一阵惊喜，玉人媚眼如丝地看着他，突然一笑，露出没牙齿的黑洞洞的大嘴，同时眼睛也滴出两滴脓血，一瞬间，眼睛成了两个烂窟窿，里面爬满了蛆虫。贾高轩"嗷"地狂叫一声，从床上跳起来，赤脚落到冰凉地面

果报之驚梦

的一瞬间，玉人没了，凤儿也没了，房间里只剩下从床上蹦到地上的贾高轩。

贾高轩这才明白，刚才是恍然一梦。他惊魂未定地环顾房间，除了淡淡的月光，房间里跟刚才自己睡觉时一模一样，什么东西也没多，什么东西也没少，更别提什么大活人了。嗯？不对，地上分明多了一双鲜红的小弓鞋！

贾高轩看见弓鞋又是一声惊叫。这是今天第二次看到这双鞋，此刻那双鞋近在咫尺，整齐地摆在青砖地上，鲜红的绸面在月光的浸润下反射出青紫色的冷光，绸面上用彩线绣着一朵梅花。贾高轩有点恍惚，觉得这双鞋在哪里见过。

这时候永贵带着几个仆人赶来，他是听到贾高轩的叫声跑来的，进门后看到贾高轩无恙，打着灯笼在屋里屋外一通照，什么异常也没发现。贾高轩看到这么多人，心神大定，低头一看，却发现那双躺在地上的小弓鞋早已不见了。

第二天贾高轩一直睡到过午才醒，醒来后浑身无力，也懒得进城，决定到街上溜达溜达。

山脚下这个小镇只有一条街，几个月没逛，小镇上新开了好几家店铺，贾高轩饶有兴味地看着。突然看见从山货店里走出来一个女人，贾高轩一看到那个女人顿时愣住了，那女人的长相太像水垣里花船上的玉人了。贾高轩几步走上去，拦在女人面前。那女人见有人拦住去路，惊讶地抬头一看，见是贾高轩，掉头就走，贾高轩疾步追去，她拐进一个胡同就不见了。贾高轩跟着进了这个胡同，却见胡同里有一家客栈。那位女子的身影在客栈门口一闪，迅速不见了。

贾高轩疾步追进客栈，眼见着那女子上了二楼。他尾随上去，发现女子刚进入的房间半掩着门，他毫不犹豫就轻轻推开房门。只见里面是一个小客厅，他走进去，反手将门闩插上。然后悄悄摸进里间。里间梳妆台前，正坐着那位妙人，听到动静，那位美人回头看了贾高轩一眼，嘴角微翘，露出两个梨涡。贾高轩被这两个梨涡弄得心神荡漾，似乎又看到了花船上的玉人。他抢上一步，伸手就想去抓她的胳膊。没想到女子站起身一闪，正色地说："客官休要轻薄，奴家张胡氏，是有丈夫的人。一个月前我来此地寻找丈夫，找到就一起还乡。"

贾高轩听了这话，知道这女子流落异乡，毫无背景，心里放松，觍着脸凑过

果根之魅惑

去："你一个妙龄女子身处异乡，也要有人保护才是。"冷不防一把抱住女子，下嘴就亲。那女子挣扎片刻，怎奈贾高轩身高力大，挣扎几下没用，也就放弃了。

事后，那女子哭得泪眼娑婆，说身子脏了，没脸再回家。贾高轩也明白这女子根本不是花船上的玉人，他温言相劝，承诺带女子回别院安身。女子这才渐渐收住眼泪，答应跟贾高轩同居。但要求贾高轩严格保密，不能泄露半点风声，否则她没脸见人，只有去死。贾高轩一一答应。

贾高轩将张胡氏接到别院住下。那张胡氏虽是良家妇女，怎知床上功夫却不输于水垣里花船上的玉人儿，把贾高轩喜得如鱼得水。两个人颠凤倒鸾享乐了十来天，贾高轩这才起身回辉县县城看望父母。

贾高轩来到家里，先去上房拜见了父母、奶奶，又去跨院拜见了张智成。张智成已经在贾府住了十多天，似乎专为等贾高轩回家。

晚上，贾府大摆筵席。吃饭时，贾高轩的父亲对张智成一拱手，说："张世伯，你这次前来，不是有要紧事要跟轩儿说吗？"

贾高轩迷惑地看着父亲，又看看张智成，不知道这两个老家伙葫芦里卖的什么药。

张智成点点头，略微沉吟一下，开口道："我是山西郓城人，四十多年前，我父亲带着我逃荒到你家，你太爷爷收留了我们父子，父亲在你家当铺当掌柜的，我就跟着父亲吃住在你家，在柜上学手艺帮忙。当时郓城半个城都是你家的买卖，你太爷爷外号叫'贾半城'，那生意做得太大了。"

说到这里，张智成停顿了一下，看着贾高轩说："你长得非常像你太爷爷。"

贾高轩听了这话，两眼放光，连忙问："我家在郓城那么有钱，为什么败落了，反而要逃亡河南？"

贾高轩的奶奶一听这话，眼圈先红了，长叹一声，没说话。

张智成慢慢说："说起来，你太爷爷看人不准啊。他手下有个穷酸秀才，叫李儒。这个李儒为人阴险狡诈，却最会巴结逢迎，你太爷爷觉得他是有才之人，十分重用他。但他却觊觎贾家的财产，悄悄在外面勾结了一个江湖骗子，将你叔爷骗出去赌钱。你叔爷就是你爷爷的弟弟，你爷爷只有你叔爷这一个兄弟，

他当年也就是跟你差不多的年纪。这类骗术都是做好的局，几个人一伙，专门针对富家公子下手。几个人假装不认识，一起跟富家公子赌，先让他赢，慢慢让他输，最后越输越多，然后诱使他偷出家中的房契、地契，押上去翻本，慢慢地将全部家当都押光，而家里人还一无所知。你叔爷跟着他们赌了两年，李儒帮他偷出了所有的房契、地契。看着贾家的财产输得差不多了，这时候李儒分了自己那份钱，跑了，临走时还带走了你太爷爷最钟爱的两个小妾。”

贾高轩恨得咬牙切齿，问：“那后来呢？”

张智成说：“后来，贾家就败了，债主终日上门，还有些存心不良的人趁机勾结官府欲置贾家于死地，借此来侵吞贾家的财产。你太爷爷为了保护一家老小的性命安全，遣散了所有仆人，秘密逃亡河南。我跟父亲就是那时候离开贾家的，我们父子也逃到了外地。当年我才十几岁，这一晃三十多年过去了。”

在座的人除了贾高轩，都知道这段旧事，但此刻听了，还不免唏嘘落泪。贾高轩是第一次听说自家的旧事，他终于明白这些年家里人为什么一提起当年就落泪，似有无限悲苦。他听得怒发冲冠，眼睛泛红，握紧青筋暴露的大手，照着桌子捶了一拳，震得杯盘乱晃，大声问张智成：“你说那李儒，当时多大年纪？现在可还活着？住在哪里？”

张智成听了这话，摇摇头说：“李儒比我大，当年也就二三十岁的年纪。从郓城逃跑后他怕贾家报复，逃到了安徽，藏得很深。过了几十年花天酒地的太平日子，慢慢坐吃山空，他又想故伎重演。他在当地结识了一个富商，企图设陷阱侵吞人家的财产，谁知那富商跟山匪有勾结，得知了李儒的企图，派人深夜潜入李府，将李儒并儿子媳妇十几口都砍死在家中。只有他小儿子一家当时没在家，才幸免遇难。那富商反向官府告发，说他小儿子杀父弑母，企图侵吞家财。于是官府追捕他小儿子一家。他小儿子和老婆带着一儿一女，逃亡外乡，一直下落不明。李儒家也算是败了。”

贾高轩听完，立刻追问：“李儒家的这些情况你听谁说的？都是真的吗？”

贾高轩的奶奶插嘴说：“李儒当年逃跑时，带走了贾府里一个杂役，后来李儒家被灭门后，那杂役逃回郓城，临死前跟别人说了这一切，还说对不起贾老太爷。”

张智成点点头，说：“我认识那个杂役的表哥，所以知道得比较详细。听说当年李儒潜藏在安徽，为躲避你家寻仇，改姓木。”

贾高轩的父亲用酒杯顿着桌面，恨恨地说：“恶有恶报！”

贾高轩听完大家的话，沉思半天，鬼使神差问了一句："他家是不是住在安徽盂县？"

张智成听了，惊诧地看着贾高轩，说："你怎么知道？"

贾高轩没有搭话，慢慢地露出一个微笑，然后哈哈大笑，最后是狂笑，直到笑得喘不上来气。

贾高轩的母亲以为儿子受了刺激，急忙叫人送来热茶给他漱口，又叫人拿冰毛巾给他擦脸。贾高轩一把扯掉脸上的毛巾，狠狠甩在一边，在众人惊讶的目光里，一仰脖子喝完了杯中酒，又斟满一杯，端起来，说："我从小就知道咱家有大仇未报，但你们谁也不告诉我详情。我这些年走南闯北，一为挣钱，二为寻找蛛丝马迹，报仇雪恨。今日我才知道，我大仇已经得报！"他说到这儿又一仰头喝完杯中酒。

家里人一听此言大惊，忙追问贾高轩怎么回事。

贾高轩就将前些日子的奇遇，他怎么惩治小楼姑娘凤儿，凤儿怎么投水自杀，明玉怎么祭拜，被他看到后怎么跟他坦白实情等等，都跟大家说了一遍。

贾高轩说的时候，在座所有人都露出惊讶、迷茫和不可置信的样子。待到他说完，张智成愣愣的，嘴里一个劲念叨："天网恢恢，天网恢恢啊。"

贾高轩转过被酒精泡得通红的脸，盯着张智成说："张老伯，你说这个是不是因果报应？这李家欠贾家两个小妾，他的孙子就变成我的娈童，他的孙女就变成供我淫乐的娼妓！"

张智成不置可否地点点头，问贾高轩："那明玉后来怎样？"

贾高轩脸上露出狞笑，说："哈哈哈，我听说他姐姐就是那凤儿，我就骗他说给他钱让他去修坟，其实转手就将他卖给一个老太监了。哈哈哈，听说那老太监最喜欢男孩，还喜欢鞭打，让他享受吧！"

张智成听了并无喜色，脸上反而有一层忧虑，慢慢地说："做法虽是不妥，但这种人留在身边终究是祸端。"

贾高轩打断张智成，大手一挥，狰狞地说："我贾高轩，宁可我负天下人，不叫天下人负我！即便不知道他是李儒之孙，我也会这样干。我怎么能留一个仇人在身边？”

贾高轩的父亲听到此处，高声叫好，说：“轩儿，你做得好！当年咱们全家九死一生逃到河南，吃了多少苦！你祖父和叔爷含恨归天，他们要是知道有今日的快意，该多么宽慰！”

贾高轩跟父亲连干三杯。张智成没说话。

这顿饭吃得悲喜交加，贾高轩和父亲都喝醉了，被仆人架到卧房早早安歇。客厅里剩下张智成，陪着贾家奶奶和贾母聊天说话。

贾家奶奶对张智成说：“这些年我们一直瞒着轩儿，不敢告诉他真相，就是怕他那不吃亏的暴脾气，为了寻仇反而失了性命。这下好了，虽然告诉了他，但看来仇人家已经不会再来寻仇了。”

张智成诺诺称是。

贾母说：“对了，张老哥，你这次来说一定要告诉轩儿这些旧事，到底为什么选这个时候呢？”

张智成思考良久，似乎下了决心，说：“我上个月做了个梦，梦到我清明节去给贾老太爷上坟，但坟墓突然裂开了，里面并没有棺椁，只有一段朽木。”

贾家奶奶和贾母听了面露迷茫，同时说：“朽木？这是什么意思呢？”

张智成说：“我也不清楚。为此事我第二天去庙里求了签，没想到求了个下下签。”

贾家奶奶和贾母听了大惊失色，贾母问：“签上写的什么？”

张智成见两人的样子，摆摆手，安慰她们说：“签上倒没说什么，都是一些陈词滥调。只是这个梦，加上这个签，让人心里有些担忧。”

其实贾家奶奶和贾母不知道，张智成早年闯江湖拜一个老道为师，学会了一些占卜凶吉、看面相的学问。他这次做梦和求签的结果告诉他，贾家近期会有大祸临头。而这次的灾祸跟四十年前的旧事相关。所以他才匆匆赶来山西，想提醒贾家注意。

没想到今天听到贾高轩遇到的这些事情，他更觉诡异。但他了解贾高轩的脾气，知道他不听劝，所以当场没有多说。

果根之说梦

张智成想了一会，微微一笑，对贾母说："其实我这次来，主要是想劝告公子，最近这一段时间不要外出。今天看到公子，感觉他气色不太好，所以越发要静修，这段时间千万不要再去外面做生意，跟朋友的往来也要减少，最重要的，家里不要留陌生人过夜。"

贾家奶奶听了很赞同，说贾高轩早就应该这样管一管。她立刻跟贾母商量了一阵，决定这段时间贾府闭门谢客，杜绝外人进门。

张智成又从袖子里掏出一个古锦小盒，打开盒子，里面是一把掌心大小的桃木剑。他拿出这把桃木剑递给贾母，说："烦请你把这把桃木剑交给贾高轩，让他随身携带，须臾不可离身。"

贾母毕恭毕敬地接过去，收起来了。三人又闲话了一阵，分别睡去了。

张智成住了几天就告辞了，说过了年再过来。张智成一走，贾高轩就迫不及待收拾东西要搬回别院去住。家人见阻拦不住，只好千叮咛万嘱咐，不许待客，不许饮酒胡闹，只许静修。贾高轩都一一答应了。贾母又吩咐永贵等仆人看管好别院门户，出了问题严加责罚。

临走的晚上，贾母将桃木剑交给贾高轩。贾高轩不屑地看看，看贾母离开了，就随手插在桌子上的笔筒里，并未带走。

贾高轩回到别院，立刻钻进西跨院，张胡氏早等在那里，望眼欲穿，两人一见面就翻云覆雨，如胶似漆，不亦乐乎。

张胡氏在西跨院住着，平时院门紧闭，谁也进不来。别院里仆人也少，僻静的西跨院根本没人来，张胡氏也从不出院门，十分乖巧、懂事。因此别院里谁也没发现这个女人的存在。贾高轩的父亲过来看过他几次，看他独自一人住着，一反常态地老实，也就放心了，由着他住在这里。

贾高轩跟张胡氏鬼混了三个月后，开始觉得浑身乏累，夜里睡觉也不踏实，总是惊醒。

这天睡到后半夜，他出了一身大汗，迷迷糊糊醒来，用手一搭身边人，感觉手上毛茸茸一片，像摸到了狗皮褥子，但那褥子下面分明还有个温热的东西在蠕动！贾高轩猛地睁大眼睛醒来，一眼看到自己面对面睡觉的，不是什么张胡

果报之佳期如梦

氏，是一头黄毛老狐狸！

那狐狸看样子很老了，皮皱肉松，头上竟然有一撮白毛。

听到贾高轩的动静，老狐狸也睁开眼，灵巧地翻身下床，一落地就变成了人形，原来是张胡氏。贾高轩极度惊骇，连衣服也顾不得穿，跳下床想跑，但觉得腿却动不了，只好一屁股坐回床上。

张胡氏看着贾高轩的样子，突然发出苍老的声音，“嘎嘎”笑了起来：“公子别怕。老身岁数太大，一睡觉就现形，让公子受惊了。”

说完，摇身一变，突然变成了芸香院的老鸨子。

贾高轩性格再强悍，此刻也又惊又怕，颤声问：“原来老鸨子也是你变的？你……你从水垣里就一路跟着我？你到底要干什么？”

老鸨子又是一阵“嘎嘎”干笑，笑得脖子上的松皮乱颤，说：“还能干什么？采阴补阳呗。你是我盯上的最后一位，采完了你，小仙的功力就比现在强十倍了。”

贾高轩听了，知道自己这三个月都被这个老狐狸玩弄了，顿觉浑身发冷，既恶心又恐惧，他带着哭腔问：“那么多人你不采，为什么花了半年工夫来害我？”

老鸨子见他这样问，像狐狸一样窜上床，又像人一样卧在床角，面对贾高轩，郑重地说：“郎君此言差矣。采阴补阳本不是修炼的正道，所以我要避开天神的追剿，要选对人下手。那些心无邪念、一身正气的人，头顶有金光笼罩，我们不能近身；那些命里富贵、天神护佑的人，头顶有紫气笼罩，我们也不能近身。只有那些邪念多、正气弱，又没有天神护佑的人，头顶被黑气笼罩，才是我们下手的对象。你本是你太爷爷转世投胎，命里富贵，也有天神护佑，开始我并不敢对你怎样。无奈你为人凶狠嚣张，恶念丛生，这些年紫气渐渐消弭，黑气开始笼罩，我才注意到你。而你最近这半年，已经将命里的福报用完，反而欠下恶业，头顶黑气浓厚，我自然就跟上你了。”

贾高轩听到这里，震惊非常，又觉得不可思议，不甘心地问：“为什么说我已将福报用完？如果说我是太爷爷投胎，那李儒害我家破人亡，我才只淫了他一双孙女和孙子，他欠我贾家的债根本没还完！怎么能怪我造孽呢？”

果根之枕边人

老鸨子听了这话“嘎嘎”狂笑，这一笑又露出了狐狸的面目，它摇头晃脑地说：“你到如今还是这么执迷不悟，也难怪你落到这一步了。我来问你，你只说你家被李儒陷害，李儒固然可恨，但你那叔爷若不是滥赌成性，灭绝人伦，也不会将自己家都赌进去。你叔爷逃到河南依然烂赌，最后被追债的杀害，死后连后代都没有留下，因此贾家才只剩你爷爷这一支血脉。这是其一。其二，李儒自然是恶人，但他作的孽也遭了别人的报应，早已抵消了他今生的孽债，这叫现世报，并不关你的事。要说欠，李儒只是欠你家两个小妾。你买了明玉，那日在芸香院你又睡了凤儿，两家的债已抵消，这叫来世报。但你戏弄凤儿，导致她自杀身亡，你反而又欠了她一条命。而后又将明玉卖与老太监，使他受苦，你又欠了明玉的债。你接二连三地造孽，天也帮不了你。”

贾高轩听到这里，如梦方醒，不由得冷汗直流，从未有过的绝望和恐惧笼罩着他，他悲哀地说：“就算这样，我也罪不至死吧？”

老鸨子看着贾高轩，似有怜悯之情，说：“你罪不至死，所以当日在芸香院你逼老鸨子去找一等一的女色，老鸨子很为难，就联络了杀手想将你悄悄沉湖，是我变化成老鸨子的样子，接过丫鬟送饭的食盒，去说服仙云跟你苟合。我们狐仙虽有一异术，但也要遵守阴阳法则，不能改变命数，只能顺水推舟。我将你引到花船上远离芸香院，你才逃过一劫。是你寿数未尽，不该死在老鸨子手里。”

贾高轩听到这里，心念一动，问道：“花船上的玉人仙云现在如何？”

老鸨子见他这样问，不由得醋意大发，阴狠地一笑，说：“难为你现在还惦记那个婊子！你以为那仙云是什么东西？她就是个浑身长满梅毒大疮的烂货，是我出主意让她画上满身油彩伺候你，就为了迎合你淫贱的想法，让你在死路上走得更快。不过，你也享受了此生最大的艳福，也够本了。你离开水垣里俩月，她就梅毒发作，死了。就埋在凤儿姑娘的坟旁边。”

贾高轩听到这里，顿觉浑身奇痒，仿佛有一万只虫子从皮肉里往外爬，嘴里“哇”的一口鲜血吐出来。

老鸨子说完这些，窗外已经有了鸡鸣声。它拍拍衣服站起来，冲着贾高轩

果报之梦醒

一笑，就地一滚，又变成了那只黄毛狐狸，“噌”的一声顺着窗户窜出了房间。它窜进院子里以后，似乎想起了什么，向房间里高喊：“贾公子，我也是顺势而为，你可别怨我绝情啊。我还给过你两次提醒的，一次是你在院子里看见凤儿的红鞋，另一次是让仙云和凤儿托梦给你。但你丝毫没有警醒，毫不悔改，还奸淫人妻，最后走向死路，那就怪不得我了。”

老狐狸的这番话，贾高轩已经听不到了，它一离开屋子，贾高轩浑身就像散架了一样，顿时人事不省。

老狐狸走后，贾家才知道别院里一直有狐狸精陪伴贾高轩。家人立刻将他抬回贾府，延医问药、端汤递水地精心照顾，但贾高轩身体太虚弱，什么灵丹妙药都没有用了。

两个月后，贾高轩梅毒大疮急性发作，浑身溃烂而死。

贾高轩死后，家人将他葬于别院后山，就是他执意挖树的那片坟地里。

一个月后的一天夜里，一个人悄悄来到后山，挖开了贾高轩的坟墓，将贾高轩的尸体拖出来，用柴刀斩成几段，扔在荒地里喂了野狗。这个人就是从老太监家逃出来的明玉。

清明节的时候，贾府家人来到贾高轩坟前，发现坟是空的，里面只有一段不知哪里来的朽木。

其实，张智成那日没说的是，他去庙里求的签上写着：天网恢恢，报应不爽。恩怨纠缠，果报有度。

# 守誓

在他们撬开棺材的那一瞬间，两具尸体栩栩如生，
但片刻之间就开始腐烂，化成了两具白骨。

# 守誓

下川县是黄河边上一个极小的县，贫瘠、荒凉，人口稀少。这里地势低洼，十年三涝，每次黄河决口，滚滚洪流必定覆盖下川。洪水到时，无论你是良田、房屋、牲口、树木，统统消失在黄色浊流中，踪影皆无。下川县老百姓一到夏秋暴雨季节，人人惊怕，户户逃难。富家会移居到地势高的房子里，穷家只能扶老携幼逃到山上，以树皮草根度过灾期。

每次决口，政府也派粮派钱来下川赈灾，修筑堤坝，但效果甚微。今年夏天，黄河又决口了，这次险情不是很大，口子开得小，洪水是慢慢高涨起来的，死亡人数不多，只是财产损失较大。农户的房子都是土坯建造，茅草搭顶，被大水一泡，纷纷坍塌，所以县里百姓十有五六都流离失所。

朝廷拨了二十万两赈灾款给下川，鉴于历年赈灾款的贪污情况严重，这次朝廷特安排道台王廷赞来监督下川的赈灾款分发情况。跟王廷赞一同下来的，是知府李宏图。

王廷赞这次并不情愿来下川，虽说道台都巴不得趁外放的机会多捞钱，但他知道这次并不是肥差。这次灾情不重，朝廷给的钱也不多，再加上王廷赞五年前有过一次类似的教训，所以他深知这种赈灾的差事弄不好不但捞不到钱，还会掉脑袋。

跟他一起来的知府李宏图可不这样想，他平时最喜赌博，最近连输几局，欠了好几万两银子，急需一些钱来周转。可巧下川县发生涝灾，这正是打瞌睡的碰上个送枕头的。

两人到达下川的当天中午，下川县令刘贵安在县城最大的酒楼设宴款待。虽然王廷赞一再推辞，但刘知县十分热情，加上李宏图也极力邀请，王廷赞只好恭敬不如从命了。

王道台一下轿子，就看到酒楼大门口站立着本县的大小官吏，还有各乡德高望重的举人、乡绅等等一大群人。看见他下来，"呼啦"一下围过来，作揖施礼，然后前呼后拥将他迎进酒楼。

整个酒楼都被下川县令刘贵安包下来了，除了这帮官员乡绅，没有一个外客。王廷赞的席位设在大厅中央，是首席，李宏图和刘贵安作陪，旁边还有四五桌陪席，是官员和乡绅。酒席开始，大家有点局促，因为从没跟这位道台打过交道。知府李宏图跟下川县令是比较熟悉的，他向刘贵安使个眼色，刘贵安会意，立刻站起来，也不端酒杯，直挺挺地立在王廷赞面前，王廷赞诧异地看着他。只见刘贵安突然眼圈一红，声音哽咽着说："王老爷，我们下川县苦啊！"说完"扑通"一声跪在王廷赞脚下，哭得伤心至极。

王廷赞立刻用手搀扶他起身，叫他不要激动，细说端详。

刘贵安吸了一下鼻子，哽咽地说："当日向朝廷报灾之时，统计并不完整，只道是淹了几亩地，毁了几间房而已。现在十几天过去，灾情、疫情不断加重，已经有五千多人死亡，全县房屋十间有九间被毁。"

王廷赞一听大惊，如果是像刘知县说的这样的灾情，二十万两赈灾款是远远不够的。他转头用目光询问李宏图，李宏图长叹一声，低头不语。这时候在座的乡绅有个叫郭东圃的，带头离座也"扑通"跪下，匍匐到王廷赞脚边，大放悲声。其他乡绅一看也跟着纷纷跪下，霎时间整个酒楼哭声一片。王廷赞连忙急着拉这个、劝那个，众人却坚决不肯起来，大叫着"活不下去了"，哭得涕泪交流。

最后，王廷赞对刘知县说，他会详查灾情，一旦落实，即刻上奏朝廷，追加赈灾款。众人听了这话，才纷纷收住悲声，立起身复又入席，开始吃喝。喝到酣

守塾之接风宴

畅时互相劝酒敬酒，闹得不亦乐乎，酒楼里吵吵嚷嚷一片喧嚣。

正在热闹着，王廷赞眼睛扫视到在酒楼大厅不起眼的墙边角落，站着一个人。这人身穿黑色粗布衣裤，垂首肃立，上半身隐在灯烛的黑影里，隐隐约约看不真切，但那身衣服打扮说明他绝不是酒保，更不是宾客。酒楼大厅很大，空着好几张桌椅，那人站在大厅的角落，和王廷赞隔着好几张桌子的距离，就在喧闹的人群背后，远远注视着王廷赞。对，即便看不到他隐在黑暗中的眼睛，王廷赞也知道他在注视着自己。王廷赞微微奇怪，但并不在意，继续跟刘知县喝酒闲谈，过一会他一抬头，发现那人不知何时竟站在了自己桌子的对面。王廷赞不由得打个激灵，盯着这个隐在黑影里的人愣住了。这时候李宏图注意到王廷赞的目光，他顺着王廷赞的目光也看向那个方向，却什么也没有看到。那个黑衣人已经消失。

不一会，酒席撤下，又换上水果、点心，刘知县还安排了一台小戏，叫了几个姑娘进来伺候。王廷赞因为刚才看到那个莫名其妙的黑衣人，觉得非常不舒服，推说舟车劳顿，要回驿馆休息，就告辞离去。

王廷赞走后，刘知县凑到李宏图跟前问："说死了五千多人，会不会太多了？朝廷要是不相信怎么办？"

李宏图眼睛盯着台上咿咿呀呀唱曲的小旦，淡淡地说："五千个死人，加上房屋折损，也就追加十几万两银子，光他就得拿走两万两，你觉得多吗？"他说着朝王廷赞离去的地方努努嘴。

刘知县听了这话不住地点头，说："不多不多！李大人明察，这件事全凭李大人调度。"

却说王廷赞回到驿馆，简单洗漱完毕，已经到了掌灯时分。他点上烛台，斜倚在床上，拿本书翻着。烛台放在床头的桌子上，摇曳的烛光跟床的距离只有五步之遥。看着看着，他感觉书上的字陡然一暗——在蜡烛和他之间隔了一层东西，挡住了烛光。他抬眼看时吓了一跳，贴着他床头站着一个人，离他只有两三步。他惊得扔下书，翻身坐起，心说这驿馆都清场了，门口也有把守，怎么会突然进来一个陌生人呢？！

守垄之显灵

再看这个人，天哪！又是在酒楼里看到的那个身穿黑色粗布衣裤的男人。

这男人仍然是垂手而立，面无表情。这次他的脸没有隐在黑暗里，在烛光里显得很清晰，不，是全身都很清晰，清晰得似乎有点透明。嗯，是透明，王廷赞突然发现这个人是透明的，他站在烛光前，就像一层羽纱挡在烛光前，烛光仍然能透过他照在王廷赞的床上。所以刚才被他挡住的书，只是暗了一点，如果他不是透明的，这么近挡住烛光，书肯定笼罩在黑暗里了。

王廷赞想到这里，倒抽一口凉气："他"不是人！他想叫下人进来，却感觉喉咙发紧，开不了口，他只能紧张地盯着这个"人"，脑子里快速地想着对策。

这个半透明的人却没有任何动作，只是那么静静地站在王廷赞床头，看着王廷赞。王廷赞在最初的恐惧过后，也注意看了一下这个黑衣人。这一看不要紧，黑衣人的模样让他更加惊惧。他拼命挣扎，用力张嘴叫喊，过了半天，终于叫喊出声。门口的下人听到王廷赞凄厉的惨叫，立刻跑进房间，可房间里除了魂不守舍的王廷赞，没有其他人。

第二天，刘知县来请示追加赈灾款的事情，王廷赞一反昨天的态度，严肃地追问具体死亡人数、死亡原因。刘知县见问得急，支支吾吾答不上来。王廷赞骂了一句："虚报灾情，我看你是不想活命了？"

刘知县听了这话，顿时慌乱起来，只会说"下官不敢，下官不敢"，再没有别的话。王廷赞哼了一声，端茶送客。刘知县狼狈不堪跑出了驿馆。

刘知县出了驿馆就直奔茶楼，找到在茶楼喝茶吃点心的李宏图，将王廷赞的态度告诉了他。李宏图一听到手的鸭子要飞，也急了，穿好官袍，直奔驿馆。

看见李宏图急急地赶来，王廷赞就知道为了什么。他不慌不忙地让座，待李宏图坐下，不等他开口，王廷赞就说："我知道你为什么而来，你先别开口，且听我讲一段往事。"李宏图一肚子话被他噎回去，只能竖着耳朵听他讲。

王廷赞说的是一段往事。五年前他被派去山西赈灾，当地饥民死了几千人，当地县令虚报说死了两万多人，房屋折损情况也虚报了很多，朝廷听信了谎报，发下大笔赈灾款。这些钱都被当地官吏私分，分钱的时候得罪了一个御史，他将这件事捅到了京城，皇上震怒，将参与谎报和分赃的官员一律革职，主谋的县

令和两个知府被斩首。因为这件事，当时山西政坛一片混乱，政务停滞，官员人人自危，无心主持赈灾事宜。因此，后来饥民的死亡人数反而直线上升，甚至超出了两万人，但朝廷再也没有追加任何款项。

王廷赞当时官职小，分到的钱也少，处罚较轻。但那个被处死的县令，却是他认识的一个熟人，被处死时正值壮年。他撒手人寰，留下年幼的孩子和妻子无人照料，几乎沦为乞丐，状况凄惨之极。这件事给王廷赞很大的刺激。

李宏图耐着性子听王廷赞说完这段陈芝麻烂谷子的往事，话语带着讥讽问道：“你说的那个县令我知道，叫范诚如。我请问老兄，哪个做官的不是提着脑袋挣钱？‘千里做官只为钱’这个道理你要是不懂的话，还做官干什么？不如把买官、做人情的银子，去乡里买几亩地，当个农民算了。”

王廷赞被他用话一堵，有点尴尬。他虽然是道台，但上面的关系并没有李宏图牢固，而且李宏图这种地方老吏混迹民间和官场多年，最是奸猾，有手段，凡事还要依靠他。他盯着李宏图说：“我不是不想要钱，实话告诉你，我比你需要钱。但是我劝你这笔钱还是不要挣。”说到这里王廷赞停顿了。李宏图稍显不耐烦，问：“为什么这笔钱不能挣？”

王廷赞说：“因为昨天晚上，他来找我了。”

李宏图不解地问：“谁来找你？”

王廷赞似乎很艰难地开口说：“范诚如。”

李宏图一听，眼珠子顿时瞪大了，他将信将疑地看着王廷赞：“你是说，他的鬼魂来找你了？”

王廷赞沉重地点点头。

李宏图盯着王廷赞看，半晌不说话，突然“呵呵”一笑，说：“老兄，你别担心。我不让你受连累就是了。”

王廷赞急忙摆手说：“我不是这个意思。实在是昨晚的经历太吓人了。”

李宏图斜眼看了王廷赞一眼，没接茬。

接下来的几天，王廷赞跟着李宏图和刘知县来到离县城最近的一个村庄——郭家庄，实地查看灾情。这是李宏图提出的，其实道台是不必亲自去受灾现场的，但这次李宏图一定要带领王廷赞去下面走一走，感受一下灾民的疾苦。王廷赞本来不想去，但前几天他驳了李宏图的面子，怕他记恨，有此修好的机会，也就乐得从命。所以就装作很高兴的样子，跟着刘贵安和李宏图来到郭家庄。

郭家庄本来就非常穷，加上灾后全庄一片萧条，土坯房东倒西歪，各家各户

都静悄悄的，大白天也没有炊烟，更没人影，好似一座鬼村。只有每天中午，在村头的舍粥棚里，会出现一群群衣衫褴褛的灾民，他们像游魂一样从各处冒出来，安静地、迅速地靠拢粥棚，排队、领粥、喝粥，仍是不说一句话。

王廷赞和李宏图亲临过一次舍粥现场，但既没看到灾民对他们顶礼膜拜，山呼青天老爷，也没看到灾民鸣冤叫屈，陈诉苦情。灾民们只是死死盯住那一大锅热腾腾的菜粥，对于身外其他人和事无动于衷，麻木不仁。王廷赞和李宏图甚觉无趣，就不再去了。

郭家庄里大部分人住的都是土坯草房，只有几家是整齐的砖瓦房，其中一家就是大地主郭东圃的宅子。郭东圃就是在县城酒楼带头请愿下跪的那个乡绅，他家是两进两出的大院子，一院子青砖大瓦房，王廷赞和李宏图就下榻在郭东圃家里。

郭东圃早年也中过举人，依靠着丰厚的家底，捐了个候补知县，等了十几年也没补上实缺。仕途受挫后他安心务农，兴趣转向基层公众事务，解决邻里间的田产纠纷啊，修桥补路啊，募捐善款啊，都是他热心的，是十里八乡公推的大善人。县里要在民间办什么事也会依仗他，因为他跟上上下下都说得上话，在村子里算最有威望的。

这次听说县里将两位官员安排住他家，他喜得好似天降活龙一般，忙着叫人打扫房间给大人住。他把后院腾出来，上房给道台住，两边厢房给李宏图和刘知县住。但李知府和刘知县执意不肯跟王道台同住一个院子，说是不敢僭越，最后他们俩跟郭东圃一家住在前院，后院只住了王廷赞和他的几个书吏。

在郭家庄的最后一天晚上，郭东圃设宴送行，王廷赞和书吏们都喝了很多酒。酒宴完毕，书吏们都酩酊大醉，王廷赞也被郭东圃架到后院，进了卧房就睡下了。

半夜里，王廷赞被一阵嘤嘤的哭声惊醒。他一惊，因为这后院只有一个门通向前院，平时插上门，后院非常封闭、安静。后院房间也少，只有上房三间和东西厢房各三间。东厢房里住着几个书吏，除了他们这几个客人，后院就没有别人了。王廷赞被哭声吵醒，心里纳闷，这毕竟是别人家的院子，他有点不知所措。他悄悄坐起身，也不点蜡烛，屏住呼吸静听。听了一会，他发现那哭声越来越近，开始听时，似乎是从院子中央传来。又听了一会，哭声渐渐逼近王廷赞的上房。而且那不是一个人在哭，是一大片嗡嗡的哭声，好像地狱大门洞开，冤鬼蜂拥而出，这声音让王廷赞头皮发麻。

守墪之冤鬼求救

就在王廷赞不知道如何是好的时候，哭声已经到了上房台阶下了。

王廷赞翻身下床，蹑手蹑脚走到窗前，将窗户纸弄破一个小洞。透过小洞他向院子里看，院子里只有稀稀落落的几点星光，在微弱的星光下，上房台阶下有些东西在蠕动着。他眼睛适应了黑暗后，发现那些蠕动的东西都是一个个跪伏着的人，一个挨着一个密密麻麻一片，将整个后院都跪满了！这些人衣衫褴褛，不停抖动着，发出细弱的哭声，混在一起就是嗡嗡的一片，听得人胆战心惊。

王廷赞吓得倒退几步坐到床上，双腿瑟瑟发抖，他感觉窗外像是大批鬼魂在向他索命。过了一会，一阵窸窸窣窣的声音响起，那是鬼魂们在往台阶上爬。王廷赞快要疯了，他想喊醒厢房的书吏救他，但又担心一旦叫喊，没等救兵来到，那些鬼魂就冲进房间将他碎尸万段了。

幸好王廷赞这些年当道台走南闯北见多识广，他转念一想，"冤有头债有主"，这些鬼魂这么声势浩大来找我，一定是有什么事情，否则不会无缘无故来这么多。想到这里他心一横，爹着胆子问了一句："门外是什么人？"

窗外的窸窸窣窣声顿时停止，嗡嗡的哭声也小了，有一个嘶哑的声音低声说："王老爷，你别害怕，我们都是被洪水淹死的鬼魂，今夜特来向你求救啊。"

王廷赞听见这话，心里反而冷静下来，又拿出了官老爷的架子，干咳了一声，慢慢说："那么，你们定是有冤情了？"

窗外那个嘶哑的声音说："有冤情啊，我们有冤情。我们都是被洪水淹死的冤魂，却不被朝廷得知，在阳间没有被除名，到阴间就不会被收留，也不能投胎。我们苦啊！"说完，又是一片嗡嗡的哭声。

王廷赞听到这些话，暗自思忖：一定是少报了死亡人数，才导致冤魂来请愿。他定了定神说："既是这样，你们也别难过了，本官替你们做主就是。待明天我查明确切死亡人数，肯定给你们一个交代。让你们早日投胎。"

冤魂们一听，又是一片嗡嗡声，似乎在商量什么。正在这时，突然从院子外面传来几声狗叫，接着庄子上的狗似乎都被吵醒，集体狂叫起来。窗外的鬼魂们听到狗叫有点慌乱，一片窸窸窣窣的嘈杂声响起，过了一会，院子里平静下来，彻底没了声息。王廷赞听得院子里没了鬼魂的声息，顿时像散架了一样委顿在床上，慢慢将额头上的冷汗擦掉。过了好半天，他才发狂般地叫书吏："德清！德清！"

书吏德清不胜酒力，沉睡不醒，狗叫声将他从睡梦中吵醒，紧接着就听到王廷赞的叫声，他来不及穿好外衣就奔向上房，刚一进门，就挨了王道台一鞋底子。德清被打得莫名其妙，摸着脑袋不敢说话。这时候通往前院的门也被打开了，李宏图和郭东圃、刘贵安都跑了进来，一看王道台脸色煞白，都连忙问怎么回事。王廷赞一看进来这么多人，马上意识到自己失态，他整理好衣衫，坐到太师椅上，德清立刻倒一碗茶给他。他喝了几口茶镇定了一下，将刚才鬼魂来请愿的事情说了一遍。

王廷赞刚说完，刘知县分身跪倒，一个头磕到地上，口里大喊："王大人您真是青天大老爷再世啊！连这些淹死的鬼魂都来找您，可见您的声威震慑阴阳两界啊！"郭东圃听了也立刻跪倒，纳头便拜，口称有王青天在，郭家庄的鬼都有救了。

王廷赞听了这话，顿时觉得自己刚才的行为既充满了震慑阴阳两界的威武，又充满了笼罩阴阳两界的慈悲，不觉暗自得意，低头喝茶不语，欣然接受两人的叩拜。这时候李宏图笑眯眯地凑过来说："王大人的声威果真远播阴阳两界啊。等明天重新确认了死亡名单，这些不能投胎的鬼魂都要感谢大人的再造之恩啊。"

王廷赞矜持地点点头，对刘贵安说："你明天把死亡人数和财产损失弄个详细的清单上来，我好呈报上去，让朝廷追加赈灾款项。"

刘贵安爽快地答应了。李宏图对大家说，王大人累了，应该早点休息。说完就带领大家先行告退了。

上房剩下王廷赞和书吏德清，德清正要告退去睡觉，院子外又传来狗叫声，这次是在西厢房的后墙根，声音很大。德清咕哝了一声"还让不让人睡觉"，就出门奔后墙根去撵狗。过了半天德清才回来，脸上的表情很复杂，王廷赞见状问他怎么了，他支支吾吾说不出来，倒叫王廷赞跟着他去后墙根看看。王廷赞此时也困意全消，索性跟着他走出房门。德清特意端了一盏纱灯，带领王廷赞

守挚之献媚谗根

来到后墙。

这西厢房后边种着一棵大柳树，树冠很大，伸出郭宅，西厢房背后的土坯墙是郭宅的外墙，墙外面就是街道。王廷赞被德清带着绕过西厢房，走近后墙。王廷赞跟德清一走近后墙，狗叫声就停止了。王廷赞看到后墙的墙砖脱落了很多，看样子是洪水冲坏的，还没来得及整修，形成了一个豁口。这本没什么奇怪的，但奇怪的是，那些露出来的黄土墙坯上，有很多脚蹬手抓的痕迹，一看就是有很多人从这里攀爬过。德清又将蜡烛放低，示意他看脚下，王廷赞低头一看，墙下面有很多蹭下来的黄土，黄土上还落着几根柳枝，那些柳枝显然都是刚刚被折断而掉落的。而在树枝和黄土上，居然扔着一只破烂不堪的粗布鞋。

德清捡起那只粗布鞋递给王廷赞，王廷赞仔细查看这只鞋，觉得这粗布鞋跟刚才衣衫褴褛的“鬼魂”们很相配。他抬头看德清，两人目光一碰，心里明白了七八分。王廷赞示意德清收起那只鞋，两人分头回到房里睡觉。

第二天，王廷赞刚吃完早饭，刘知县就拿着一份精心拟定的清单兴冲冲地进来，毕恭毕敬地呈给王廷赞。王廷赞接过清单并不看，随手摆在一边，却问刘知县昨夜睡得好吗。刘知县不明所以，只得回答睡得好。王廷赞却皱着眉头说自己被鬼魂惊吓，头痛病犯了，一夜未眠。正说着，德清从外面进来，一只手里拿着一只破烂的粗布鞋，一只手拎着一个衣衫褴褛的灾民。那灾民赤着一只脚，进门就“扑通”跪下，不停叩头。德清举起手里的鞋，回禀王廷赞说：“大人，这是昨夜在后墙根捡到的证物。”又一指那个瑟瑟发抖的灾民：“这人已经供认，他们受人指使，昨夜从后墙爬进院子，装作鬼魂惊吓大人。”

王廷赞脸色铁青，“啪”地拍了一下桌子，却不怒反笑，干笑两声对德清说：“让他穿上鞋。”

那灾民抖抖索索接过鞋，立刻穿在光着的左脚上，正合适。刘知县一看，脸上的冷汗就下来了，心里暗骂这些灾民：这帮笨蛋，这点戏都演不好，今天不能给他们吃粥！看样子王廷赞已经全部明白了昨夜的那场戏，自己只能咬紧牙关推个一干二净，反正主谋也不是我。想到这里，他苦着脸站在那里，一言不发。

王廷赞示意德清将灾民带下去，德清走后，屋里就剩下刘贵安和王廷赞两人。王廷赞慢慢捋了一下胡子，眼睛也不看刘贵安，拉长声音说：“我老了，昨夜被那些‘鬼魂’一折腾，今天早晨起来头疼欲裂，痼疾发作，我打算告假回京，今天就动身。这里的事情就拜托你们多费心吧。”

王廷赞这一招叫釜底抽薪，作为道台，他告病退出，即便将来出了事，也没有他的干系，而朝廷不可能再派另外的道台来，所以如果事要是办得漂亮，他还是跟着沾光。虽说退出后捞不到大钱，但绝无风险可担。李宏图那一套他不赞成，尤其是出了范诚如显灵的事情，他更加担惊受怕。但看样子李宏图是铁了心要将下川的灾情弄大，还使出让灾民装鬼魂的下作手段来胁迫他，王廷赞犯不上跟他翻脸，但也绝不能蹚这趟浑水。何况，昨天下午郭东圃托王廷赞保举他儿子弄个一官半职，已经将五千两银票塞给王廷赞，加上这几天下川官员们孝敬的银子，这趟下川也没白来。现在三十六计走为上，没有了他，李宏图再有本事也不可能去追加赈灾款。剩下的事情就让他们捣鼓去吧，跟他王廷赞没关系了。

刘知县一听王廷赞要撤，暗骂这只老狐狸手段老辣，同时也明白这是把他逼急了，看来那天他说看见范诚如显灵的事情是真的，否则这个老家伙面对大

守势之道为上

把银子是不可能退出的。

王廷赞说到做到，第二天就离开下川直奔京城而去。

王道台走了，李宏图失去了追加赈灾款的机会，只能将心思放在现有的这二十万两银子上。李宏图和刘知县一回到县城就开始商议这笔银子的用处。因为道台决然离去，给他们带来一定的压力，事情不能像往常那么大张旗鼓。他们商量了一晚上也没商量出一个万全之策。

入夜，李宏图独自在驿馆房间歇息。本来刘知县给他安排了一个姑娘服侍他，但被他拒绝了，因为明天还有二十万两银子的分配方案要商量，时间紧迫，他不想在这个时候分神。

睡到半夜，他被“嘭嘭”的声音吵醒。睁开眼一看，房间漆黑一片，“嘭嘭”的声音来自屋顶，像是有人在用手拍打顶棚。他点亮蜡烛，抬头看屋顶，屋顶上是粗白纸糊的顶棚，随着“嘭嘭”的声音，顶棚一阵阵颤动，落下不少灰尘。李宏图骂骂咧咧地起身，他以为闹耗子，想拿鸡毛掸子捅捅。就在他刚坐起来时。厚纸糊的顶棚竟然被震得裂开了一条缝，发出“滋拉”一声响。随着这条缝一裂开，“嘭嘭”声就没有了。

这时李宏图才意识到这动静不像是闹耗子，他再看那条裂缝，突然发现从黑黢黢的缝里缓缓垂下来两个尖尖小小的东西。李宏图揉揉眼睛仔细一看，那两个尖尖小小的东西，竟然是一双女人的弓鞋。墨绿色的鞋面绣着浅粉色的并蒂莲，晃晃悠悠地垂在顶棚下面，还在慢慢下降。李宏图大惊失色，想去抄鸡毛掸子，但胳膊已经不能动弹，嘴里也发不出声音，整个人像被定住一样不能挪动分毫。

这时候那双弓鞋从缝隙里慢悠悠地下降，又露出了一角藕荷色的裙裾。慢慢地，裙裾上面天青色的丝绸衣衫也露出来了，看样子是个女人的身体。李宏图这时候暗自叫苦，他平生最不怕鬼，没想到今晚却被女鬼压床，传出去真是会被人笑掉大牙。

他正在这样想，顶棚上那个晃晃悠悠的身体已经慢慢露到了胸部，只差脑

守垫之靈梦伊人

袋了。这时候却突然停住不动了。

就在李宏图暗松一口气的时候，就听“嘭”的一声，那吊下来的大半截身体突然猛地往下一沉，一下露出了头颅！那是一个披头散发的女人，乱发掩映下的一张脸紫胀发青，舌头抻出来老长，脖子上紧紧勒着一条白绫子。

李宏图猛地看到这个吊死鬼，差点没吓尿裤子，要是能喊能跑，他早就钻到床下去了。但他丝毫动弹不得，连眼珠都不能转动，只能直勾勾地盯着这个吊死鬼。这一盯一看，他突然发现这个脸色青紫的吊死鬼竟然是幺凤！

如果说李宏图这辈子对谁还有点愧意的话，那就是对妓女幺凤了。

幺凤十三岁就跟了他，那时候李宏图还是开封府里一个小小的书吏，一次喝花酒认识了幺凤，他是幺凤的第一个男人。后来他被派去监督河工修筑黄河堤坝，领头的大人克扣河工饷银，他们几个跟着分了钱，因为事情败露，上面查下来，他替上司做替死鬼被关进大牢。就在这时候，幺凤被一个客人看中，一定要赎身买她做妾，幺凤死活不从，说跟李宏图有誓约在先，一定要等李宏图出狱。后来老鸨托人进监狱问李宏图的意思，李宏图当时自身难保，就说让幺凤赶紧嫁人，千万别等他。谁知道幺凤听了老鸨传来的这话，竟然心灰意冷，当夜就上吊自杀，死的时候刚满十五岁。

李宏图出狱后听说幺凤死了，悲痛欲绝，耿耿于怀。这些年他虽然吃喝嫖赌样样都干，但内心深处总还是给幺凤留着一小片柔软之地。这么多年他从没梦见过幺凤，没想到今天以这种方式跟幺凤见面！

李宏图身体虽然僵直完全不能动弹，但眼睛里扑簌簌流下两行热泪。随着两行热泪慢慢滚出眼眶，他的身体突然能动了。他能动弹后的第一个动作，就是从床上跃出去抱幺凤的身体，但一下子扑了个空，跌倒在地上，抬头看，哪有什么幺凤，屋子里空荡荡的。他使劲揉揉眼睛，怀疑刚才那些都是幻觉，但他抬头看顶棚，那上面分明有一条宽宽的裂缝，黑黢黢地裂着个大口子，像是在告诉他，刚才那一切都不是幻觉。

李宏图再也睡不着了，他默默躺回床上，心里全是跟幺凤在一起的历历往事。他暗暗流了一会泪，慢慢平复了心绪，开始思考，幺凤为什么今晚出现在驿馆？李宏图根本不信鬼神，所以才会恶作剧式地雇佣灾民扮成鬼魂去捉弄王道台。但现在，他完全推翻了过去的看法，幺凤那么活灵活现地展现在他眼前，连穿的那身衣裳都是他当年给买的啊！这不可能是幻觉或者做梦。人们都说不会无缘无故看到鬼魂，那么幺凤的鬼魂今晚前来，是要告诉他什么呢？

李宏图苦苦思索着，他从幺凤的身世，想到了幺凤的死因，突然想起来，幺凤就是下川县人啊，她是因为家乡发水灾，跟父亲逃荒到开封，才被卖进青楼的。幺凤的死，也是因为李宏图入狱而失去联系才造成的，而李宏图的入狱不也是因为治理黄河堤坝吗？李宏图是聪明人，想到这里，他将几个点都串了起来，看来，幺凤是想用自己的死来警告李宏图，不要插手下川赈灾的事情，免得再次惹来牢狱之灾？

想到这里，李宏图豁然开朗，对，幺凤一定是这个意思，这样解释一切就合理了。李宏图想到这里蓦地出了一身冷汗，他想起了王廷赞说的范诚如显灵，还有王廷赞的决然离去，看来王廷赞也感觉到了某种危险。从范诚如的显灵，到今晚幺凤的显灵，看来此次赈灾真是凶兆连连，若不及时收手，恐怕要酿成大祸。想到这里，他再也不能安睡，翻身起床，走到院子里叫醒书吏，立刻起草一个赈灾款项的分配方案。等拟订完方案，天已大亮。李宏图派人去叫来刘知县，准备即日执行。

刘知县一看分配方案，傻眼了。按照这个分配方案，不但他捞不到什么好处，下面那些翘首以待的官吏和乡绅们也捞不到任何好处。李宏图撞鬼了吗？怎么过了一夜态度就变化这么大？他边想边抬眼偷看这位知府，李宏图目光如炬，正盯着他呢。他一哆嗦，立刻换上笑脸说："既然方案已经出来，下官执行就是了。"李宏图听了这话，脸上顿时开朗，呵呵一笑，轻拍了一下刘知县的手臂，安慰说："刘老弟，我知道大家为赈灾日夜辛苦。我给衙门里的每个兄弟都备了一份辛苦费，总共是两千纹银，你拿去给大家分分吧。"

刘知县心里这个骂呀：两千两纹银，你打发要饭的呢？老子要你做好人？别跟老子装孙子了。

心里这样想，嘴上说的却是："这钱下官怎么好意思拿呢？都是蒙皇上恩典，为国家效力，不能让您老人家贴钱啊。"

李宏图听了这话，心里非常受用，也就不再强求。

刘知县拿着分配方案出了驿馆，回到县衙。县衙的门房里，一群官吏和乡绅正如坐针毡地等着呢。刘知县不理众人，招手叫过郭东圃，两人直奔后书房而去。

刘知县跟郭东圃在书房嘀咕了半天，决定将李宏图拟定的分配方案一项一项细化，把银子一笔一笔落实，这样他们就有空间可以操作了。他们决定先试探一下李宏图的反应，就先拟订了一个征用河工的方案。写好后，两人揣上方案来到驿馆，拜见李宏图。

李宏图正等着他们的细化方案，见他们这么快就来了，甚为高兴。他翻开刘知县递过来的河工征用计划，慢慢审看。正在这时候，突然从河工征用方案的折子里掉出一张纸片，纸片飘飘悠悠落在李宏图脚下。李宏图捡起来展开一看，这竟然是另一份河工征用计划，但这个计划所用金额可小多了，比李宏图正看着的那个计划整整少了三万两银子。这份计划的最后是下川县官吏和乡绅的名字，每个名字下面都注明了银子数额，这些数额加起来正好是两份计划的差额。李宏图是什么人？一看这张单子就都明白了，他用手抖动着这张纸片，看着刘知县讥讽地说："看来你的计划做得很细啊！每个人都想到了，真周到！"

刘知县和郭东圃一看这张纸就蒙了，这是他俩写好给李宏图看的河工分配方案之后，另外拟订的一张真实的分配方案，里面不但有真实的河工征用所需金额，还包括差额的分配，参与的人每人能分到多少钱等等。刘知县恶狠狠地瞪着郭东圃，因为这张纸是郭东圃写的，但郭东圃也很冤枉，他写好后明明放进了书房的抽屉里，怎么会出现在这里?!

李宏图继续看着这张纸说："这上面的金额跟你们核报上来的金额，中间有三万两银子的差额，看来，这三万两银子你们都分配好了？"

刘知县从凳子上滑下来，一个头磕到地上，战战兢兢地说："大人息怒，大人息怒！您的那份奴才另外备着呢！绝对保证让大人满意！"

李宏图"啪"地一拍桌子，震得茶碗乱响，他冲着刘知县大吼："王八蛋！我说了这笔钱不能挣，你当我的话是耳边风吗？你他妈要作死啊？"说完更加来气，用手将那份计划撕个粉碎，摔在刘知县的脸上。

刘知县浑身抖得筛糠一样。旁边的郭东圃见状也"扑通"跪下，带着哭腔为刘贵安求情。

李宏图理也不理，拂袖而去，直入后面卧房去了。

刘知县一看毫无指望了，回县衙后，老老实实重新拟订了河工征用方案，另外还拟订了开仓放粮、修补灾后房屋等等一系列具体方案。第二天交给李宏图，李宏图仔细审验过，看看都没有大问题，这才吩咐下去，让官吏和乡绅们监督执行。

为了落实监督的力度，李宏图将郭家庄作为一个点，监督赈灾方案的执行。李宏图带着刘知县第二次来到郭家庄，就住在郭东圃家。

这天下午，郭东圃将郭家庄受灾人口的花名册拟好给李宏图和刘知县过目。李宏图坐在郭家的上房客厅里，正摇着折扇纳凉，一手接过郭东圃递过来的花名册随手放在茶几上。这时候怪事发生了，客厅的房梁上飘飘忽忽落下来一张纸。纸片从刘知县眼前滑过，刘知县眼疾手快一把抓住，展开一看，却是一张地

守垫之败露

契，上面写着：某年某月某日，田桂芬家的十五亩地分给郭东圃十亩，郭建德两亩，郭建生三亩。三方自愿，不得反悔。上面还有三个红指印。

刘知县看完后不动声色，将地契团成一团，塞给郭东圃，自己却依旧跟李宏图闲聊。李宏图问刘知县房梁上飘下来的是什么。刘知县笑笑说，一张废纸。郭东圃将那张地契展开一看脸就白了。这田桂芬是郭家庄唯一的外姓，她丈夫死得早，前年她也病死了，郭东圃就做主将她名下的田产充作庄上的公产，但其实他将田产跟两个表侄私下分了。这事除了他和表侄，没人知道。房梁上他藏了一个盒子，盒子里是他所有的房契和地契，这地契在里面锁得好好的，怎么会突然飘下来？

正在这时，丫鬟送进来一大盘井水镇得凉凉的西瓜，郭东圃像得了救命稻草一样，立刻抢上几步，亲手拿了一块西瓜，毕恭毕敬地献给李宏图，李宏图接过西瓜就吃起来。刘知县没吃西瓜，他偷偷将茶几上那份李宏图还没看的花名册揣在袖子里，然后起身出了上房客厅。郭东圃见状也立刻跟了出去。

两人来到院子里，刘知县展开刚才呈给李宏图的那个花名册一看，果然，那死鬼田桂芬和丈夫的名字都在领救济款的人名单上。郭东圃看着花名册上的名字，再看袖子里拿出的那张地契，脸上红一阵白一阵，说不出话。刘知县用洞悉一切的眼神看着他说：“幸好是我抓住了这从天而降的地契，如果被李宏图看到，你这利用死人冒领救灾款的罪名就算坐实了，而且霸占人家寡妇田产的罪名也暴露了！”

郭东圃头上冷汗直冒，一句话也说不出来。

刘知县却没有看他，低头陷入沉思，过了半天，问郭东圃：“你不觉得这次赈灾期间发生的事情都很蹊跷吗？”

郭东圃还没从刚才的惊吓里恢复过来，茫然地抬头看着刘知县。

刘知县却没接着说下去，话锋一转说：“现在看来，赈灾的事情绝不能马虎了，你赶快拟定一个老老实实的花名册，该多少就是多少，一切按照实际来操作。另外，其他所有计划都老老实实来，不得有半点掺假。”

郭东圃连忙点头，狼狈不堪地退出，下去准备了。

守拙之侥幸

# 守誓

两天后，郭家庄的赈灾款终于落实到户了。这次的赈灾钱粮多得让人惊讶，除了每户送五斗小米外，房子倒塌、人员死亡、牲口死亡的，还额外补贴银钱。这次的赈灾款数目，是下川受灾历史上百姓们得到最多的一次，而且远远超过以前。

转眼赈灾款分发下去一个多月了，自从郭家庄分到赈灾款，庄上天天都像过年一样，盖新房的、修旧房的，家家户户都在大兴土木，郭家庄从来没有这么喜庆过。庄上多了很多生意人，木工、瓦匠、雕工，都来揽生意了。在这些外乡人里，有一个给房梁描花上漆的漆匠，是郭东圃请来的，他就住在郭家。这个人白天很少出门，但在夜里经常有村民看见他在村子西头转悠。其实，这个人根本不是漆匠，他是刘知县派来的捕快马贤德。而他转悠的村西头，是村民郭老槐的家。

这次赈灾期间发生了一系列怪事，先是范诚如显灵逼走了王廷赞，然后是李宏图态度大变，还有那从方案里掉落出来的分赃计划，以及房梁上飘下来的地契，这一切的一切，让下川县的知县刘贵安越想越窝囊，眼巴巴看着到手的银子都付之东流，而且还时刻担惊受怕，这让他下定决心要将这一切怪事调查清楚，找出真相。

从郭家庄回来那天，送走了李宏图以后，刘贵安将最得力的捕快马贤德找来，两个人仔细分析了这些天的诡异事件。得出同一个结论：这一切怪事都是有人从中作梗，人为地扰乱赈灾计划。

他们从几个方面仔细排查，很快发现，范诚如显灵的县城驿馆，出事那天除了店主和伙计外，驿馆还有一个外人，就是郭家庄的郭老槐。郭老槐开了个豆腐坊，那天她来送豆腐，天晚了就没走，睡在厨房。后来他们又调查这次赈灾郭家庄受益最多的人是谁，也是郭老槐。而房梁上掉落地契的郭东圃家，也是郭老槐的同村。于是，马贤德装作漆匠在郭家庄潜伏下来，严密监视郭老槐。他住了一个多月后发现，郭老槐家是郭家庄受灾最严重的一家，也是这次被补贴银钱最多的一家，但赈灾款分发下这么长时间了，眼看要入冬了，别人家的房子盖得七七八八了，只有郭老槐的房子一直没有修整。郭建生每天都来找她，让她去郭东圃开的砖窑上买砖修房。但郭老槐一家四口挤在那被水冲塌了半边的破旧草房里，就是不盖房。种种疑点，都将线索指向这个郭家庄的普通农妇：郭老槐。

其实郭老槐并不是郭家庄的人，她当年逃荒到郭家庄，饿晕在村口，村民郭宝庆的大儿媳妇喂她一碗粥，将她救活了，从此就被郭宝庆家收留，也跟着改姓郭。郭宝庆和老伴身体不好，家里就靠着大儿子和媳妇耕田度日，郭老槐被收留后，就帮着郭宝庆家干点粗活，顺便照顾郭宝庆的三个孙子和孙女。

五年前下川发大水，洪水在半夜突然涨起来，将睡梦中的郭家庄全部淹没。郭宝庆一家连夜跑到村口的高坡上才幸免于难，但他大儿子和媳妇在回家取粮食的时候被洪水卷走，死于非命。洪水退去，郭宝庆老两口悲伤过度，没过多久也相继去世，郭家满门只剩下三个孩子，大的六岁，小的还不到一岁。从那以后郭老槐就将三个孩子视为己出，独自一人拉扯着三个孩子过活。郭老槐长得十分丑陋，脾气也古怪，还特别会骂人，谁要欺负了她的孩子，她能堵在谁家门口骂三天，直骂得人家出来求饶才罢休。所以她家虽然都是妇孺幼儿，但并没有谁敢招惹她家孩子。

马贤德在跟郭东圃的闲谈中了解到，自从五年前那次洪水过后，郭老槐性情大变。过去她不爱说话，是个木讷胆小的人，洪水过后她变得泼辣、暴躁，爱骂人，力气也大了很多。

郭老槐是她的外号，这个外号的由来，是水灾后的第二年夏天，饥荒还没过去，她带着三个孩子去摘槐花吃，村里几个坏小子霸着树不让她摘，她低吼一声冲过去，将碗口粗的槐树从地上连根拔起，一下扔出去两丈远，把那几个坏小子吓得屁滚尿流，落荒而逃。从那以后大家都叫她郭老槐，知道她力气惊人，没人再敢欺负他们娘几个。

郭老槐不擅耕种，五年前水灾后，她借钱买了一头毛驴，每天磨豆浆，点豆腐，然后拉着豆腐去各村卖。好在她力气大，跟毛驴两个轮番拉磨，出的豆腐又多又好，家里日子还算过得去。但这次水灾她光顾着领着孩子逃命，毛驴被淹

守誓之救命之恩

死了，生产工具没了，幸好这次遇上青天大老爷开恩，她家一共分到了四十两纹银，这些钱足够盖新豆腐坊、买新毛驴的，还能盖栋新瓦房。

马贤德越深入了解郭老槐，越觉得这个外乡来的老妇人非常可疑。他听郭东圃的下人们说，郭老槐那年逃荒到郭家庄，身边带着一条老母狗，五年前水灾后，有一天夜里村里几个后生半夜去偷狗，想宰了吃肉，他们摸进郭老槐家的窗下，却看见那只老母狗蜷在炕上，郭宝庆最小的那个孙子正拱在母狗的怀里吃奶。当时那孩子才几个月大，正是吃奶的时候，而母狗这时候也刚生完一窝小狗，都被淹死了。老母狗喂奶，郭老槐就躺在旁边哄另外两个孩子睡觉，看着这古怪的场面，后生们脊背发凉，不敢下手，匆匆离开了。

后来没多久，那老母狗病死了，但郭老槐没有将它埋掉，而是请人打了一口棺材，把狗尸像人尸一样用棺材装上，停放在自己住的房子里。从那时候起，村里人就传言，郭老槐是母狗精转世，郭老槐家也变成村民的禁地，村里最大胆的后生也不敢轻易进她家门。郭老槐并不在乎这些传言，母狗的尸体一直停放在屋里。

马贤德在一个深夜去侦查过郭老槐的住处，那天郭老槐去邻村送豆腐没回家，家里只有三个孩子。他拨开门闩溜进房子，看到郭老槐的家其实很窄小，但仍显得空旷，因为房间里除了一铺土炕、几个箩筐，就是一个缺了一条腿的木头柜子，柜子上放着一盏油灯、几只破碗，除此外就没有别的家具了。因此屋子角落里停放的那口棺材非常显眼，那是一口巨大的黑漆棺材，看那宽度装两个人都没问题。马贤德蹑手蹑脚走到棺材边，附耳听了一阵，从棺材里似乎传来轻微的呼吸声。马贤德以为自己听错了，又屏息听了半天，没错！在深夜的寂静里，那微弱的呼吸声能清晰地听见！

马贤德顿时感觉浑身起了一层鸡皮疙瘩。

他镇定了一下心神，慢慢用手推动棺材盖。如他所想，棺材盖没有钉上，是活动的，他用力将棺材盖推开一条缝隙，探头向里面看，棺材里黑黢黢的什么也看不见。他下了很大决心，深吸一口气，慢慢将手伸进棺材。

马贤德的手探到棺材底部，触摸到一具毛茸茸的东西。他知道这一定是那

守挚之哺育

条死狗。但且慢！这条狗为什么并没有腐烂？狗身非常柔软，能感觉到骨肉的弹性！而且，那尸体似乎仍然温热，一点没有尸体该有的冰凉。马贤德想到这里，手像被烫着一下缩回来，双腿发软，他摔倒在棺材旁边，碰翻了一只箩筐，发出声响。他急忙回头瞥一眼土炕上的三个孩子，三个孩子睡得很沉，并没有发现他的潜入。

马贤德一分钟也不想在这里多停留，连滚带爬地溜出了郭老槐的家，连夜逃回县城。他回到县衙，将在郭家庄潜伏得到的情报，都报告给了刘知县。最后还添油加醋地报告了郭老槐家的棺材和没腐烂的狗尸。

刘知县听了马贤德的汇报，这一惊非同小可，这个郭老槐果然不简单。先别管她是不是破坏赈灾计划的始作俑者，现在至少可以肯定她是个老巫婆。当务之急就是一定要将她抓住，绳之以法，到时候让她尝尝我衙门里三十六样刑具，不愁她不招供！刘知县想到这里，脸上露出狞笑，他随即吩咐马贤德悄悄准备人马，千万不能走漏风声。为了保险起见，他让马贤德去邻县请来捉鬼的王天师，协助捉拿巫婆。等这些都准备好也是三天以后了，到时候马贤德将亲自带队去郭家庄拿人。

三天后的黄昏，郭老槐家破烂的土坯房里，坐着一个年轻的妇人，她的名字叫郭春妞。郭春妞是郭老槐在郭家庄唯一的朋友。郭老槐虽然并没欺负过谁，但因脾气不好，行事古怪，所以在村子里没什么人缘。郭春妞在村里比郭老槐还没人缘，郭老槐没人缘是她太厉害，郭春妞没人缘是因为村里稍微有点闲钱的爷们，都上过她的床，村子里的女人见她面就翻白眼，用吐沫啐她。

郭春妞原来是个腼腆、害羞的小媳妇，她嫁给丈夫郭三才的时候才十六岁。郭三才喜欢喝酒赌博，在外面欠了一屁股赌债，有一次赌输了钱赖账，逃亡外乡，一去就杳无音信。那时候郭春妞过门才半年多，就守了活寡。郭三才还有老父亲和老母亲要养活，他一走，养活这俩老人的重担也就落在郭春妞身上了。平常时候，东挪西借还凑合能活，有一次家里几天揭不开锅，实在活不下去了，郭

守整之郭妻妞

春妞就跟邻居家男人睡了，事后那男人给了她几根玉米棒子。从那以后，她除了种地之外，还时不时跟村里的男人睡觉，挣的粮食能让自己和公婆混个半饱。

郭春妞的女红很好，平时绣个花呀朵呀的，简直活灵活现，谁家有个缝缝补补的事找她帮忙，她总是有求必应，也不要钱。郭老槐虽是女人，却不会缝缝补补这些活，于是她经常求郭春妞缝个衣衫、做件棉袄什么的，郭春妞的活计做得又快又好，从不耽误他们穿。一来二去两个人就熟了，关系越来越密切，有点什么事也互相帮助。有一次郭建德嫖了郭春妞没给钱，郭春妞去要钱，却被郭建德的老婆打了出来。郭老槐知道了，提一桶大粪跑到他家，一边浇大粪一边骂，郭建德全家被熏得呕吐不止，立刻就把欠的钱还给郭春妞了。

这次郭春妞家也分到了几十两银子，银子刚分到手，郭三才就回家了。其实这些年他也没跑远，一听到家里发了大财，他就不顾死活跑回来了。他回家后第一件事就是拿家里的银子去还了赌债，第二件事就是将郭春妞吊在房梁上打个半死，要不是他父母拦着，他几乎将她吊死。然后他就写了休书，把伤风败俗的郭春妞逐出家门。

此刻在郭老槐的家里，虽然暮色四合，但屋里也没点灯，郭老槐躺在炕上，显得非常衰弱，脸色憔悴，完全没有了往日的跋扈和强悍。郭春妞坐在炕沿上，身边放一个小破包袱，低声啜泣着，脸上带着隐隐的鞭痕，脖子上也有一圈深深的紫色伤痕。

郭老槐用微弱的声音，轻声问郭春妞："妹妹，你想好了要离开郭家庄吗？"

郭春妞面色凄然，点点头。

郭老槐又问："你想好去哪里了吗？"

郭春妞无言地摇摇头，依旧不说话。

郭老槐停顿片刻，轻叹一声说："妹妹，这么多年处下来，我知道你是个好人。咱们情同姐妹，今天我将我的事都告诉你吧。"

郭春妞疑惑地看着郭老槐，不知道她这么郑重要说什么。

郭老槐看着郭春妞，一字一句地说："我告诉你，我并不是郭老槐。真正的郭老槐在四年前的春天就饿死了。"

郭春妞听了这话大惊，瞪大眼睛看着郭老槐，此刻郭老槐的脸隐在阴暗的光线里，显得有些陌生。

郭老槐似乎早料到郭春妞的惊疑，她尽量用平静的语气接着说：“郭老槐早年逃荒到这里，是郭宝庆的大儿媳妇将她救活，后来大儿子和儿媳妇被洪水卷走了，郭宝庆和老伴也悲伤过度病倒了，郭宝庆临死的时候，将郭家的这三个孩子托付给郭老槐，让她带大。郭老槐跟郭宝庆发誓要将孩子带大。但是一年后，郭老槐没挺过饥荒，也死了。”

郭春妞听到这里，站起来下意识后退了几步，害怕地看着床上的郭老槐，说：“那，你是谁？”

郭老槐扯住郭春妞的衣袖，示意她不要害怕。然后她挣扎着坐起身，用手指了指放在屋角的那口棺材，说：“我就是郭老槐逃荒时带来的那条母狗。我从小跟郭老槐一起长大，我们虽有人兽之分，但一直相依为命。郭老槐临死时说她不能如约将三个孩子养大成人，求我帮她履行这个誓言。于是，我就将自己的魂魄附在她的身上，用她的躯壳活在人间。”

郭春妞听了这话，回头看看身后那口棺材，她这时候才想起来村里人的传言，不由得倒吸一口冷气。

郭老槐喘了几口气，看着郭春妞，继续说：“我本是一个带罪修行的精怪，比你们凡人多些功力。我将魂魄附在郭老槐身上，让我的本身处于昏睡状态躺在棺材里，这样我就能名正言顺地帮她养活这些孩子了。但我这个举动有违轮回，最终被阎王发觉。他在半年前派黑白无常来缉拿我，我苦苦哀求，求他让我安排完后事再走，阎王念我心怀善意，特恩准我半年时间，到时候一准来带我走。今天子夜就是最后的期限，现在我三魂七魄已离身大半，只剩一口气撑着了。”

郭春妞听着这些话，瞪大的眼睛里蓄满了泪水。她猛地扑过去跪在床边，拉着郭老槐的手大哭：“好姐姐，你也带我一起走吧。别丢下我啊，这人间我一天也不想挨下去了。”

郭老槐眼圈红了，刚硬的脸庞露出少见的温柔，她轻轻拍着郭春妞的肩膀，低声说：“好姑娘，你阳寿未尽，还不能走。你把我的心都哭乱了，先让我把正经

守挚之临终重托

事说完。”

郭春妞忍住哭泣，看着郭老槐，郭老槐脸色惨白，几乎没有血色，她用微弱的声音对郭春妞说：“因为我的行为，现在我的修行也半途而废了，接下来阎王要罚我投胎到哪里，我也不知道。对此我没什么遗憾的，但我最不甘心的是，三个孩子还没长大，我没有完成对主人的誓言。我和你平时最要好，也最信你，我想将三个孩子交给你，托你将他们养大成人，你愿意吗？”

郭春妞听了这话，怔住了，渐渐收起了悲戚的神色，思索起来。过了半天，她轻轻地点点头，一字一句地对郭老槐说：“我答应你，养大这三个孩子。”

郭老槐听到这句话，如释重负，她声音里含着欣喜说：“好妹妹，你听我说，这次赈灾我使出全身本事，弄到了几十两银子，这些银子虽然不多，但都是我们应得的，是我给这些孩子准备的。你带上这些银子，跟孩子们逃到外乡，找个没人认识的地方过日子吧。”

说完，她招手叫三个孩子过来。那三个孩子早就在门框边眼巴巴看着这一幕，老大已经懂事，此刻哭得像个泪人。听见郭老槐叫，他拉着弟弟妹妹走进来，齐刷刷跪在郭春妞面前，一起磕头。

郭春妞也跪下去，四个人抱头痛哭。

郭老槐欣慰地看着他们，待他们行完礼，她对郭春妞说：“现在县里已经发现了我，很快就会来捉拿我。你们今晚必须走，先逃到山里去，然后再慢慢寻一个可靠的安身之所住下来。”

郭春妞点头，立刻跟三个孩子收拾行装去了。

半夜，马贤德带着一帮捕快潜入郭家庄，他们没有惊动任何人，悄悄摸进村西头的郭老槐家。郭老槐家黑灯瞎火，似乎都在沉睡。他们砸开大门冲进去，发现屋里空无一人，只有屋子中间一口漆黑的大棺材横在那里。他们撬开棺材，发现了两具尸体，一具人尸，一具狗尸，人尸是郭老槐，狗尸是那条老母狗。在他们撬开棺材的那一瞬间，两具尸体栩栩如生，但片刻之间就开始腐烂，化成了两具白骨。

除了这两具尸体，一群捕快在院里、屋里搜查了半天，什么也没发现，他们只得连夜回县城去交差。刘知县听到郭老槐已死，案件没有了主犯，也就不再追究。

郭家庄的人发现，郭老槐死的那天，郭春妞跟三个孩子都消失了，谁也不知道他们去了哪里。郭三才的父母感念郭老槐对郭春妞和他们两位老人的帮助，请人将郭老槐和老母狗的棺材安葬在郭家庄的坟地里，跟郭宝庆和他的大儿子、儿媳妇葬在一起。

郭春妞带着三个孩子去了很远的南方，她用郭老槐的银子雇了几个会绣花的女子，开了个绣房维生。她终生再嫁，独自将三个孩子养大成人。到最小的那个孩子娶亲的那一年，她带着三个孩子回到郭家庄，给他们的父母、爷爷奶奶，还有郭老槐和那只老母狗，重新修建了坟茔。

# 宁有种乎

吃鱼翅的喜怒哀乐，跟吃豆腐的喜怒哀乐其实没有半点差别。
说到底人这一辈子，活的是心境，不是环境。

# 宁有种乎

要说黄朗玉这辈子有什么遗憾，那就是没考取过任何功名。他是家里的独苗，父亲从他开蒙就请来最好的老师教他读书，一心巴望家里出个秀才，可他不是上课打瞌睡，就是下课往老师砚台里撒尿，从没好好读过一天书。

读书虽然不行，黄朗玉做生意、疏通各路人际关系却是聪明异常，无师自通。仗着家中有几个闲钱，他很早就出来做生意，后来生意越做越大，富而思贵，他花了大把银子，经过一年的上下疏通，捐了个盐运使。

盐运使是个肥缺，多少人都眼巴巴盯着这个位置。在这个职位上发大财升大官的多，被革职查办甚至掉脑袋的也多。黄朗玉当然知道其中的深浅，但富贵险中求，身体里唯利是图的血液让黄朗玉义无反顾。

黄朗玉的淮安盐运使走马上任后第一件事，不是整饬盐务、查询账目，而是四处拜访达官显贵、请客、送礼，把各路相关的神仙都照顾到，把大庙小庙都拜到。做人大于做事，这个道理是黄朗玉一生的信条。

转眼间黄朗玉上任一年了，这一年间黄朗玉渐渐摸清了盐运使的门道，正当他准备大展手脚的时候，突然听下属张副使说，王大人出事了，昨天被朝廷缉拿，已经被押往京城刑部。黄朗玉听了大吃一惊，王大人是省里的实权派，在黄朗玉当上盐运使的过程中起了关键的作用。王大人会不会是因为卖官鬻爵而进去的？他要是把黄朗玉供出来，这可怎么办？

黄朗玉正在思量该去找谁打听详情的时候，这天下午，门子来报，说有一位少公子，自称是王大人的亲戚，有要事求见。

黄朗玉一听，立刻要家人请进小花厅。

小花厅位于后花园的深处，比较私密，黄朗玉商谈机密事宜都会约在这里。此刻他屏退下人，独坐在小花厅里等待来客。忽听外面锦帘一响，门外一股寒风袭来，随着寒风进来的，是一位少年公子。只见他身穿石青色洒金斗篷，内里是紧窄的竹叶青缎子小夹袄，细腰蜂背，一张俏面如敷粉般白嫩，一双眼睛似含水秋波般似愁非愁。与其说是贵公子，不如说是美娇娘。

黄朗玉当时看得呆了，忘了问候。却是那位公子翩翩施礼道："黄大人，久仰久仰。"

黄朗玉这才回过神来，立刻回礼，并请公子坐下。

少公子说自己姓李，是王大人的小舅子，自从姐夫遭难，姐姐每日悲伤，现在已经病倒。他思来想去，姐夫这帮朋友里，只有黄朗玉是有情有义的大丈夫、真豪杰，所以特上门来求助。

黄朗玉听美少年这样夸自己，心里像有万只小蜜蜂在忙活，既痒痒，又甜蜜。不由得说了很多"义不容辞、情义无价"之类的豪言壮语。

李公子趁机请求黄朗玉给京城的刑部郎中岳大人修书一封，求岳大人顾念旧情，网开一面。

黄朗玉听到这个请求有点为难了，他跟这个岳大人毫无交情，并且他知道岳大人素来脾气执拗，是个不好惹的主儿。这封信万一捅了马蜂窝，救不出王大人事小，把自己搭进去就不划算了。想到这里，他沉吟不语。

李公子看黄朗玉犹豫，"扑通"一声跪在黄朗玉脚下，带着哭腔说："实不相瞒，我姐姐已经花了大把银子在岳大人那里疏通好了，现在只是缺少一个说话有分量，并且跟我姐夫有交情的人，写一封信证明我姐夫清白无辜，这样他立刻就能出狱。"

黄朗玉听了这话，再看李公子边说边哭，那梨花带雨的小模样，心就活动了。

宁有种乎之色诱

他一把搀起李公子，语无伦次地说：“别哭别哭，咱们先吃饭，先吃饭，吃完饭我就写信。”说完吩咐一声开饭，门口的下人们答应一声立刻跑去厨房传饭。

晚饭开上来，菜品不多，几样精致的下酒小菜。酒却不少，一大瓮绍兴老酒，跟酒一起上来的，是两个青花瓷的温酒盅，盅里盛满热水，热水里立着一个直身小瓷杯，小瓷杯倒满酒温在青花瓷罐里，喝起来热热的，很暖身。

李公子推说不会饮酒，黄朗玉哪里肯依，软硬兼施地灌他喝了不少杯。不一会李公子的脸蛋就变得粉里透红，一双凤目也荡漾起了春水。黄朗玉也喝了不少，语言渐渐放肆，手也开始乱摸。那李公子开始还半推半就，后来就直接倒进黄朗玉怀里任他为所欲为了。这一夜李公子没走。

第二天清晨，天还没大亮，黄朗玉府里的厨师运财就起床了，他准备去市场买些新鲜的泥螺，冬季泥螺少，去晚了就没有了。整个黄府都在安睡，静悄悄的，运财踏着晨霜向西角门走去。

运财是黄朗玉的家厨，跟了他十多年了，深得主子的欢心。运财不但做得一手好菜，人也十分机灵，特别会看人下菜碟儿。比如昨晚的饭菜，他安排得就非常有讲究。他听小厮说李公子是个美少年，且主人安排在花厅吃饭，就心知肚明这顿饭不在于吃菜，而在于谈情。谈情要酒助兴，于是他安排了几样小菜之后，就送上一大瓮老酒，那老酒不是普通酒，是他用上好的鹿茸、人参等药材泡制的，特别有功用。除此外他还送了两套温酒的瓷盅，冬天老酒温热了喝不伤胃，而且酒性散发得快，助兴最佳。

果然，主人在他的安排下，心想事成。

运财这些年跟着黄朗玉吃香的喝辣的，日子过得知足，但他跟主人一样，也有龙阳之好，怎奈兜里银钱少，并不能跟美貌如花的男子一亲芳泽。

现在他走到角门，猛地看见一个穿石青斗篷的人，正跟西角门的门子说话，他立刻知道这是昨晚留宿的那个客人，看样子要离开黄府。运财顿时来了精神，心想：昨晚跟我们老爷翻云覆雨，今早也不睡懒觉，这么早就走？心里想着，同时三步并作两步赶过去，要一睹芳颜。

宁有种乎之惊变

此刻天色灰蒙蒙的，天边还挂着一弯惨淡的月牙，偌大的园子里除了看角门的门子就是这位留宿的客人，运财咚咚的脚步声非常清晰，客人听到了，不安地回头望了一眼，正好跟运财的目光碰上。就这一瞬间，运财不由得低声惊叫：“小依云？！”

被叫作小依云的客人听了这一称呼，一愣，但他随即向运财露出一个诡异的媚笑，吊梢眼里飘过一抹阴阴的得意。接着他一扭身，消失在角门外。

运财愣了一下，待那人消失在角门外，他才醒过闷儿来疾步追过去，但角门外空荡荡的街巷一个人也没有，那个人如同人间蒸发了一样了无声迹。

小依云是苏州的红牌相公，去年运财去苏州办货，跟着别人去小依云的堂子看过几回热闹，目睹过著名男妓小依云的芳容，印象深刻。

运财昨天听小厮们说，来的这位客人是王大人的小舅子李公子，但他此刻发现这位李公子竟然是名妓小依云。他有点蒙，不知这里面有什么蹊跷。有心去禀报老爷吧，又怕多此一举被老爷训斥；不去禀报吧，又恐这冒名顶替的人给老爷带来祸事。就这么左思右想地去了市场，心不在焉地买了黄泥螺。回到厨房，将黄泥螺用盐和酒腌好后，他终于下定决心，拼着被老爷骂一顿，也要禀报。

此刻，黄朗玉在小花厅刚起床，正懒懒地梳洗着。运财进来了，请安后，就禀报了小依云冒充李公子的事。黄朗玉听完大惊，心里打鼓，感觉自己中了圈套，因为写给岳大人的、替王大人开脱的书信今早已经被小依云带走。他不敢迟疑，立刻吩咐套车，去王大人家。

王大人平时独自住在衙门，家眷都在城郊外老宅住着。黄朗玉到了王宅，核实了情况，终于明白自己是被人陷害了。王大人并没有这样一个小舅子，而他入狱也不是因为卖官鬻爵。事不宜迟，黄朗玉立刻联系几个跟刑部有交情的朋友，去京城刑部打点，希望自己的信不要落到岳大人手里。

都安排妥了，黄朗玉怀着忐忑不安的心情回到家里。在夫人黄张氏的房里吃了晚饭，也无心闲聊，就进东屋上床睡去。黄朗玉即便在夫人房里安歇，两人也是一人一间卧室。

黄朗玉睡到半夜，突然肚子一阵绞痛，心里一阵恶心，“哇哇”呕吐起来。

睡在西屋的黄张氏被丈夫惊醒，走进东屋一看，床头、地上一片狼藉，黄朗玉面如金纸，全身无力地瘫在床上。黄张氏吓得一迭声叫丫鬟传郎中进来。丫鬟、老妈子顿时乱作一团，早有腿快的小厮，遵照黄张氏的吩咐去请郎中。

郎中被请来了，先看了黄朗玉的气色，后开始诊脉，又问晚间吃了什么。黄张氏一一说了。说到醉泥螺，郎中一听拍手叫道："就是它了！黄泥螺没腌透的话，螺壳里有很多脏东西，还有蛔虫，这些东西进到胃里会引起中毒，轻者上吐下泻，重者蛔虫进入脑袋，病人就一命呜呼了。”

黄张氏听了，吓得脸色煞白，声音也颤抖了起来，问郎中该怎么办。

郎中忧心忡忡，说：“黄泥螺中毒倒不是大碍，但黄大人有点痰迷心窍，想是遇到什么急难之事，白天又奔波一天，受了风寒，加上这个中毒的症状，一时恐难恢复。”

黄张氏听了眼泪就下来了，边哭边说：“望您搭救我夫君啊！他可千万不能有事啊！”

旁边的丫鬟、老妈子听了郎中的话，也吓得乱哭起来，上房里哭声一片，好像黄朗玉已经归天。

住在前院的运财早听到后面的嘈杂声，正想去看个究竟，谁知道刚踏出房门，就被两个迎面而来的强壮男仆一下按在地上，瞬间被捆了个结实。他还没明白是怎么回事，就被推推搡搡地带到了后院上房。

上房里挤满了人，黄张氏端坐在一张太师椅上，瞪着地上被捆得像粽子一样的运财。黄张氏平时就烦运财总是给老爷泡什么补酒药酒的，一味地哄着老爷开心，全不顾后果。此刻见到他更是气不打一处来，连话也不问，手一挥说：“给我往死里打！”

两边的仆人得令一声，将运财推在地上，抡起板子一通暴打。运财开始还争辩、质问，后来声音越来越弱，最后彻底没声息了。

运财被板子打得昏死过去后，黄张氏要趁势撵他出去。这时候管家过来求情，说运财毕竟跟了老爷十多年，此刻老爷病着，倘若病好后想吃运财做的菜，那时可怎么说呢？黄张氏冷静一想，也同意了。先罚运财不能进厨房，只去干些粗活，等老爷病愈再发落他不迟。

运财被抬进自己住的屋子，他儿子正惶恐地等待着，看到爹爹浑身是血被抬进来，吓得不敢说话，躲在墙角发抖。

运财只有这么一个儿子，名叫根娃，十岁。运财媳妇死得早，媳妇死后运财也懒得再娶，只跟儿子相依为命。他把这个儿子看成是掌上明珠，顶在头上怕

宁有种乎之责打

吓着，含在嘴里怕化了。

抬运财的仆人走后，运财慢慢苏醒过来，他口渴得要命，就招手叫根娃给自己倒水。根娃躲在墙角一直盯着父亲，以为他死了，当他看到运财血糊糊的身子和胳膊一动一动的，顿时吓得哇哇大哭，顺势尿了一裤子。

听到根娃的哭声，住在隔壁、负责巡夜的莫老头走进来。莫老头一进来就对根娃骂了一声："屄包，哭啥？这是你爹！"运财躺在炕上，疼得龇牙咧嘴，却对莫老汉说："孩子胆小，别吓坏了他。"

莫老汉骂骂咧咧地给运财倒了一碗水，扶着他喝了，然后又拢拢暖炉里的炭，让屋子里热乎点。接着，他给运财讲起了老爷吃黄泥螺中毒的经过。

运财听莫老汉讲完经过，知道自己闯了大祸。他此刻也想起来，今天早晨买完泥螺回来，找腌泥螺的罐子找不到，他平时为了区分腌制时间，不同时间腌制的泥螺用不同的罐子，但他发现根娃将他准备用的空罐子装了蛐蛐。他要，根娃不给。他只能在腌好的那些罐子里挑了一个空罐，将新买的泥螺腌了，这一来新腌上的跟腌好的就用了同样的罐子，晚上上菜时一忙，就把新腌上的泥螺端给老爷吃了。也是合该有事，今天买的这黄泥螺确实不干净，加上腌得不透，所以老爷吃了才会上吐下泻，剩下半条命了。

运财伤势沉重，心情更沉重，老爷生死未卜，他自己也凶吉难料。此刻重伤在身，只能听天由命了。

话说黄朗玉经过半个月调养，腹痛和呕吐已经止住，只是身体还比较虚弱。正在慢慢休养时，京城好友传来消息，他写的那封信，此刻已经到了刑部岳大人手上。岳大人一看这封文辞不通、傲慢无礼的信，大怒，认定王大人跟黄朗玉是结党营私，并蔑视他的虎威，准备向圣上参他一本。幸好黄朗玉那日得信后派人连夜进京，上下打点，所以有人把上奏圣上的事暂时压下来了，但不能保证日后不起祸端。

黄朗玉听到那封信终于还是到了岳大人手里，又惊又怕，当夜吐血，又病倒了。

黄朗玉这一病三个月，周围的朋友听到京城的风声，都开始疏远他，昔日歌舞升平、人来车往的黄府，此刻门可罗雀，死一般寂静。黄朗玉心如死灰，以为仕途就此走到头了。

这时候，东边海防吃紧，朝廷上下瞬间进入临战状态，岳大人被临时委派为御史前往海防视察战事。这样一来，黄朗玉的案子也就无人问津了。渐渐地大家都淡忘了这件事。

风声慢慢过去，黄朗玉心头一松，人有了精神，身体也好起来。加上天气渐渐暖和，他也能下床了，于是经常走出房门，在园子里溜达溜达。这日，黄朗玉在园子里散步，不知不觉走到前院墙根，忽听得一个说话声："宝贝乖，爹给你留着几个杨梅呢，用井水镇着，凉凉的可好吃了，快吃吧。"

黄朗玉记起那是厨子运财的声音，忽然想起这一段时间都没见运财，原来他躲在这疼儿子呢。黄朗玉今天兴致好，有心跟他开个玩笑，就悄悄摸到运财的小院门口，突然一脚踹开门，大喝一声："运财，你做什么？"

运财正捧着一个小碗喂儿子吃杨梅，听见这一声喝，回头看见是黄朗玉，吓得面色如土，"扑通"跪下，磕头如捣蒜，求饶不止。

黄朗玉看他当真，觉得不好玩了，拣个干净的地方坐下，说："起来吧，磕什么头啊。"

运财哪里敢起来，还是一个劲地磕头求饶："我害得大人差点命都没了，我该死我该死。"

黄朗玉打量运财，发现几个月不见，运财瘦了很多，平时干净利索的一个人儿，此刻胡子拉碴、蔫头耷脑的。

黄朗玉呵呵一笑，对运财说："你还为这事难过呢？我已经跟夫人说了，我这病也不全是黄泥螺惹的祸。再说那天情况危急，你还给我报了信。功过相抵了。"

运财听到这些话，眼泪一下子涌出来，哭得泣不成声。

黄朗玉看着他的样子，不由得笑出声来："委屈了？听说夫人把你打得不轻？"

运财连忙摆手，哽咽着说："夫人就是打死奴才，也是奴才活该。只是不让奴才伺候老爷，奴才实在不甘心啊。"

宁有种乎之智耶

黄朗玉惊讶地说："你不做饭了？这几日我病着，也尝不出好歹，都不知道换厨子了！"

运财就把夫人将他革职的事情说了一遍。

黄朗玉听完，手一挥说："你今天去厨房，就说我说的，你仍像原来一样，负责给我做饭。"

运财听了，又哭又笑，像蒙大赦的死囚一样，不停地磕头、谢恩。这时黄朗玉已经不理他了，背起手饶有兴趣地打量他的小院，发现了滚落在地上的几颗紫红的杨梅。他诧异地问运财："这些杨梅怎么都被咬了一小口？你把吃剩下的杨梅给儿子吃啊？"

运财此刻已恢复了平静，见问，立刻恭恭敬敬地回答："我儿子爱吃杨梅，但他怕酸，我就把买来的杨梅洗干净，每一个都用牙磕掉一点，尝一下酸甜儿，是酸的我就吃了，是甜的才留给他吃。"

黄朗玉早听说运财疼儿子，但今天听了这话，他也啧啧称奇，回头打量根娃，根娃此刻缩在床角，畏畏缩缩地看着他，要哭不哭的样子。

黄朗玉摇摇头，站起身，对运财说："今晚去厨房给我弄点好吃的。"就出门走了。

黄朗玉康复了，黄府里的主子奴才都活了，黄府又恢复了歌舞升平的热闹。黄朗玉经此一劫，更加明白做官的要诀。他做人更谨慎，也更老辣了。盐运使确实是个肥缺，黄朗玉手里的银子像流水一样哗哗地进来，有了这些银子，他人脉更广，关系更牢。三年后，黄朗玉成了各地大盐商的天王老子，他跺一下脚，运盐的商船都要颤一下。

黄朗玉虽然没念过什么书，但他很喜欢附庸风雅，最怕人家说他没文化。而他身边的很多官员是科举考取了功名才做的官，都是读书人，这些人平时喜欢吟诗作对，收藏古董玉器，就连这些人捧的小戏子，个个都能出口成章。黄朗玉为了结交这些人，经常硬着头皮参加他们的聚会，那些风雅之士表面上恭维他，但心里都看不起他，因为在这样的聚会上，他除了赔笑、埋单，什么也不会干。

黄朗玉暗暗着急，原来是有钱没身份，现在有钱又有身份，却没文化，人生真难啊。他经常苦思冥想，怎样才能让上流社会对他另眼相看？他的下属张副使，是十多年的老盐油子，三教九流什么人都认识，他看黄朗玉为此苦恼，就给他引荐了一个高人。

此人是终南山的一位道士，姓吴，平时都在山里修行，偶尔下山云游。吴老道身怀绝技，会隔空取物、搬运、障眼之法。张副使向黄朗玉介绍了此人后，黄朗玉将信将疑，答应先在家里秘密宴请吴老道，试试他的功夫。

吴老道被张副使带领，择日来到黄府。黄朗玉在小花厅款待他们，饭桌上只有他们三人。酒过三巡，黄朗玉对吴老道一拱手："吴道长，听张副使说，您身怀绝技，天赋异禀。下官十分艳羡，不知今日能否领教一二？"

吴老道捻着两缕稀疏的黄胡子，呵呵一笑。张副使这时也冲吴老道一拱手："道长，您就给我们露两手，让我们开开眼界吧。"

吴老道也不答话，突然伸手从盘子里抓了一把杏仁，往桌上一撒，同时嘴里低低一声喝："去！"

奇观出现了，那一把被撒出的雪白小杏仁，落在桌子上就变成了寸把长的小人，有手有脚，有头有脸，吴老道拿筷子冲他们一指，小人儿们立定站好，一动不动，吴老道又将筷子一挑，小人们就像操练一样齐步走起来，挥动手臂，抬头踢腿，跟士兵一模一样。随着吴老道筷子的指引，他们在桌子上穿碗过碟，游走在大大小小的杯盘碟筷之间。

黄朗玉看得眼睛都直了，捏着酒杯的手一直没敢放下，生怕放到桌子上阻挡了小人们行进的路线。

玩了片刻，吴老道突然将手掌摊开，说一声："收！"那些小人儿迅速跑向他的手掌，待小人们都跑进手掌，吴老道将手掌一收，握紧拳头，然后手向下张开拳头，活蹦乱跳的小人儿们，又变成了一堆没有生命的杏仁，噼里啪啦落在盘子里。

黄朗玉完全看呆了，愣了半天才鼓掌喝彩起来。他的兴趣被完全勾起来了，喜笑颜开地给吴老道斟一杯酒，说："道长，既然杏仁能变成小人儿，那能不能变个美人儿出来看看？"

吴道长似乎看透了黄朗玉的心思，他微微一笑，用手一指大门口，说："那不是来了？"

黄朗玉和张副使回头一看，只见锦帘一挑，一队服饰鲜艳的少男少女款款走进房里。

宁有种乎之法术

黄朗玉惊呆了，忙问吴老道："道长，这是谁家的戏班子？"

吴道长呵呵一笑，诡异地眨眨眼，说："这就是黄府的人啊。他们都是属于你黄大人的。"

黄朗玉听了，惊喜非常，忙招手叫过来。那七八个清秀的男孩女孩都围拢了桌子，有的拿过酒壶帮三位斟酒，有的用筷子帮他们夹菜。就像堂子里的姑娘、相公一样，伺候得非常得体。

黄朗玉见此心情大好，他看到一个女孩子，穿一件桃红小袄，上面绣着小朵梅花图案，清秀雅致，楚楚动人，正偷偷用眼睛瞄他。黄朗玉借着七分酒意，一指她，那女孩惶恐地跑过来，垂首立在黄朗玉身边，黄朗玉一把搂过她，顺势将她按在自己大腿上坐稳，问："你多大了？"

那女孩子低着头不吭声。吴道长摆摆手，笑眯眯地说："大人不要为难她，这些人都是不能说话的。"看到黄朗玉微微失望的表情，张副使立刻凑过来低声说："除了不能说话，其他都行。"

说完，用手一捏身边穿着湖绿纱衫的男孩的屁股。那男孩立刻红了脸，似有害羞之色。黄朗玉见状，哈哈大笑起来。

当夜，张副使回自己的住处。吴道长没走，黄朗玉另外安排一间静室让道长住下。黄朗玉和那个桃红衣裙的女孩子留在花厅西暖阁睡下了。

接下来的几天，黄朗玉每天都能从吴道长那里看到一些不可思议的绝技，这些把戏弄得黄朗玉连连惊呼，叹为观止。过了半个月，黄朗玉觉得时机成熟了，就将平时聚会的那些文人雅士邀请到黄府来。

宾客们一到，都纷纷打趣黄朗玉，问他这么长时间不露面，是不是又纳新夫人了？大家都知道黄朗玉好这口儿，姨太太娶了三四个，男戏子也养了两三个，还不时去妓院偷个嘴儿。无论在官场还是风月场，他出手大方那是有名的。

黄朗玉听凭大家打趣、起哄，笑而不答，表情神秘。

酒席开上来，宾客又是一阵赞美。这些年随着黄朗玉银子见多，对饭菜的要求也越来越高，好在运财这方面特别有灵气，多琢磨多练，现在的厨艺已臻化境。菜品不但味道好，而且还寓意深藏，雅俗共赏。比如他做的扬州煮干丝，用鸡骨猪骨和干贝吊出高汤，然后将高汤经过十几道漂、淘，使高汤清澈透明，干丝洁白纤细，取名“扬州春雨”；又比如他将玫瑰酱酿进豌豆黄，做成梅花、茶花的形状，再点缀上樱桃和青豌豆，浇上玫瑰汁，取名“姹紫嫣红”。这些菜把那些舞文弄墨的客人喜欢得要死，赞不绝口，总算为黄朗玉捞回点面子。

运财早听说吴老道要表演绝活，今天趁着人多，他上完菜就没走，偷偷躲在屏风后面饱眼福。宴席进行到酒酣耳热之时，黄朗玉隆重请出吴老道，他说吴老道是终南山的山神，被他三拜九叩从山里请出来，在人间暂住，特来助兴。一番话真真假假，把在场的人弄得一头雾水，半信半疑。

吴老道站在地当中并不坐下，拂尘一扬，大厅里霎时多了几个衣着鲜艳的少男少女，宾客大哗，纷纷交头接耳打问这是谁。那些少男少女还是黄朗玉那天见过的，但此刻他们不是斟酒布菜，而是手捧笔墨纸砚肃立在书桌边，端庄秀丽。吴老道让宾客出题，宾客出上联，少男少女们对下联。一个进士出身的官员站起来走到书案旁，挥毫写了一个上联，那个穿湖绿纱衫的男孩子，走到书案边俯身“唰唰”写了下联。大家一看，句子对得严丝合缝，非常巧妙。满座惊讶，喝彩声顿起。接着，宾客轮番上阵，写上联，那几个少男少女也轮番上阵，对下联。几番对下来，这几个少男少女写的下联针锋相对、文采斐然，丝毫不输于这些文人雅士。这些人都是故纸堆里的秀才，哪见过这种奇幻又诡异的阵仗？对联宣读后他们爆发出雷鸣般的喝彩声，差点把小花厅的顶棚掀了。

晚宴达到高潮，黄朗玉感到从未有过的得意。

吴老道在黄府住了几日，黄府每天大宴宾客，吴老道每天表演绝活，弄得客人们满口夸赞、如醉如痴。

几日后，吴老道突然不辞而别，不见了踪影。黄朗玉无比失落，同时微微不快。但转念一想，人家是仙界中人，不能用俗礼要求。

吴老道走后三个月，黄朗玉突然被一道圣旨叫进京城，说是海防吃紧，要紧急协商盐务赋税问题。

黄朗玉走的第二天，夜晚子夜时分，全府都沉浸在黑暗的安睡中。二姨太

宁有种乎之炫技

的小丫头环儿被叫起来去倒茶。环儿不情愿地下床，点亮一根蜡烛，走到隔壁小客厅，刚在桌子上放好蜡烛，突然听见墙角窸窸窣窣地响，环儿以为是老鼠，放下蜡烛回头看，却见离自己两丈远的楠木博古架后面，有团毛茸茸的东西一闪就不见了。环儿胆大，从桌子上摸到一只茶碗，她手拿茶碗慢慢走近博古架。借着微弱的烛光，她看到那团毛茸茸的东西又出现了，躲在一个梅瓶后面，而且一直在轻轻晃动，窸窸窣窣的声音也大了起来，随着她靠近，那东西似乎有所察觉，突然停住不动了。

环儿举起手里的茶碗，瞄准那团毛茸茸的东西扔过去，就听见啪的一声，茶碗似乎撞到硬物，碎裂了。环儿一个箭步冲过去，那东西却从博古架旁直立起来，比环儿还高，环儿一头碰在他身上，脑袋被碰得生疼，她捂着脑袋细看，却见自己撞的是一个人！那人被环儿撞得一个趔趄，趁环儿愣神的工夫，闪过博古架，几步走到房门处，打开门，消失在夜色里。黑暗中隐约看到那是个穿着湖绿纱衫。头上挽着发髻的男子。环儿此刻醒过闷儿来，扯着喉咙大叫："有贼啊，抓贼啊！"

环儿的动静惊醒了府里人，二姨太的小客厅瞬间被奴才和主子们挤满了，有人点亮了小客厅的所有烛台，小客厅一片雪亮。

黄张氏亲自查看博古架，发现什么也没少，但她注意到博古架后面的地上，浮着不少黄土。管家在旁边看了说："怕是闹黄鼠狼吧？"

黄张氏听了这话没搭腔，但她心里希望这是标准答案，因为老爷不在府里，家里都是妇孺，要真闹了贼，不怕贼偷，就怕贼惦记啊。

想到这里她回头问环儿："你看见什么了？"

环儿战战兢兢地说："我原以为有一只老鼠躲在博古架后面，就悄悄摸过去，用茶碗砸它，谁想到那不是老鼠，是个男人的发髻。那男人穿一件湖绿色纱衫，站起来还撞在我身上，然后就冲出去了。差点把我头都撞破了。"

黄张氏劈脸扇了环儿一巴掌："我看你睡迷糊了吧？姨太太的屋里能藏男人？你头上的大青包是肉身子撞得出来的？分明是你自己撞在博古架上！"

环儿听了这话顿时不敢作声。黄张氏吩咐管家，加多人手巡夜，发现谁巡

宁有种乎之夜贼

夜酗酒、打瞌睡，立刻革职。管家答应一声去了，众人也散了。

二姨太朝环儿额头狠戳了一下，也去睡了。环儿捂着被撞疼的青肿包，万分委屈地站在小客厅，她也不明白那人的身体为什么那么硬，能将她的头撞一个大包。而且，环儿突然想到，那人走路的姿势，似乎有点不对劲。

环儿的事情过去十几天后，季节已经是隆冬，这天夜里奇冷，黄府上下早早睡下。除了巡夜的几盏小灯笼，府里一片死寂。这时候，西角门被轻轻推开了，闪进来一个人，这人是厨子运财。

这些年跟着黄朗玉，运财的日子也宽裕多了，除了自己吃点喝点，他主要将银子花在根娃身上。他将根娃像少爷小姐一样送到私塾里去读书，每天套了府里的车去接送，同私塾的穷公子少爷们都比不上他的排场。但根娃不爱读书，倒是结交了很多提笼架鸟的纨绔子弟，蛐蛐越玩越精，光罐子就几十个，一到晚上蛐蛐齐鸣，吵得运财睡不着觉。索性在外面专门给他租了个院子，专门养蛐蛐。今天天冷，根娃不愿意去照看蛐蛐，运财只好晚饭后出去帮他喂蛐蛐，喂完蛐蛐运财又去小酒馆喝了二两，这才回到黄府。

运财回到黄府，已是深夜，角门已经锁了，门子不耐烦等他，将钥匙交给他，让他出门时自己从外面锁上，回来时自己开门进来。

运财打开角门走进院子，反身将门锁好。他喝了不少酒，歪歪斜斜地往自己房间走。走着走着突然尿急，他左转右转找个僻静的树下撒尿。一边撒尿，一边抬眼看四周，突然发现四周很陌生，不是自己走惯的那条路。这是一个陌生的小院子，清冷的月色白亮亮地照在碎石甬道上，院子里的景物一目了然。院子地面长满杂草，两边是几间荒凉的厢房，窗纸破烂，被寒风吹过，发出“唰唰”轻响。院子正中一个葡萄架，上面爬满了枯藤，葡萄架后面是一个垂花门。月光将院子里的一切都笼罩在青白的色调里，房子和草木似乎都冻住了一般反射着冷光。运财撒完尿，慢慢绕过葡萄架踏上垂花门的台阶，顺着歪斜破败的石阶走进去，发现这又是一个小院，只是这个小院很小，里面只有一栋二层的小楼，静静立在月光里。小楼红漆斑驳，房门都上着铁锁，楼梯设在楼外侧，栏杆和阶梯上铺满了尘土，看样子很久没人碰过。

运财这时不胜酒力，有点头晕，他一屁股坐在垂花门的石阶上，打算歇口气。正在这时，他听到身后窸窸窣窣的声响，他回头一看，自己刚才进来的小院里，晃动着几个人影。他吓了一跳，以为自己误入了哪位小姐的闺房，他闪身躲进门后面，大气也不敢出。这时候他看清楚小院里是一队衣着鲜艳的男孩女孩，他们一个挨一个排着队，在月光下，缓缓向垂花门走来。

这一队人步伐整齐，但令人诧异地是，他们走路的姿势跟常人不同，他们都是顺拐的，提左腿抬左胳膊，提右腿抬右胳膊。这本是小孩子调皮时候常玩的游戏，但此刻这些人面无表情，机械而认真地走着，看上去不但古怪，而且有点令人毛骨悚然。

运财此刻酒意全消，汗毛倒竖，因为他想起来，这些男孩女孩他见过，那夜他躲在小花厅的屏风背后，偷看吴老道表演法术，当时吴老道变出这么一队穿红戴绿的男男女女，给大家斟酒、倒茶。后来吴老道走了，这些人也从此消失。但没想到今夜在这里见到！怪不得自己觉得这些人面熟，那队伍里不是有那个穿桃红小袄的女子和那个穿湖绿纱衫的男子吗？这两人是最漂亮的，运财记得清楚。

只是这些人跟那晚有些不同，他们此刻没有了活色生香的笑容和妩媚，全都表情呆滞，动作机械。他们迈着统一的步伐穿过垂花门，目不斜视，连门后黑影里的运财也没看到。运财眼看着他们走进垂花门，径直走到那栋小楼的楼梯处，然后慢慢开始上楼梯，仍然是一个挨一个，没有声音，没有表情，哦，天哪，连脚印都没有！他们走过的楼梯，上面的尘土依旧，丝毫没有脚印的痕迹！

运财吓得腿发软，使劲缩在门后的黑影里。这时他听见寂静中“吱呀”一声响，他连忙抬头，只见这一队人站在二楼的栏杆边，那个穿湖绿色纱衫的男孩站在第一个，他用手一指房门，二楼的房门应声而开，这一队人鱼贯而入。穿桃红小袄的女孩走在最后，她进门后，突然回身，将目光射向楼下黑影里的运财，运财跟她的目光正好碰上，那女孩蓦地对运财展开一个媚笑，然后她轻轻关上了门，整个院子恢复了寂静。运财跟她目光接触的刹那，一个哆嗦，彻骨的寒意从头灌到脚，这媚笑似乎告诉运财，她早知道他藏在那里。运财愣了一会，突然

宁有种乎之误入

发出一声长号，转身就往外跑，边跑边狂叫，没想到被歪斜的台阶绊倒，一头摔倒在地上。

巡夜的莫老头正在园子里走着，突然听到一声极度惊恐的长号，听得他头皮都炸开了，手里提着的灯笼一哆嗦，差点掉地上。那非人的长号还在继续，他辨明方向，发现来自西北角，他小跑着来到西北角一看，西北角小偏院平时紧锁的大门此刻洞开，露出一院子的荒草和破房，在荒草和破房之间，有一个蠕动的黑影，在地上疯狂地乱爬，那瘆人的长号就是这个黑影发出来的。

莫老头见此情景吓坏了，不敢走近，待他借着月光看清那蠕动的黑影是厨子运财，这才快步跑过去，将运财扶起来。运财显然受到了巨大的惊吓，已经不认识他了。

莫老头将运财扛到家中，运财此时人事不省，一直昏睡。请郎中来看，郎中说中了邪风，又被石头撞到头部，凶多吉少，就是醒了也不能像过去一样了。

第二天，莫老头向黄张氏禀报了昨晚遇到运财的情景，黄张氏诧异地说："那个小偏院不是锁着的吗？运财怎么进去的？"

莫老头摇摇头，说他去的时候门是开着的。黄张氏听了没有作声，老爷不在家这几日，黄府连连出现怪事，她心里很犯嘀咕。她让莫老头不要声张，去找几个壮实胆大的男仆来，跟着她一起去小偏院看看。

黄府的这座宅院是从一个富商手里买的，买的时候听说这个小偏院住过富商的小公子，但公子未成年就夭折了，里面堆放的都是那孩子的杂物。黄府买过这座宅院后，嫌那小偏院死过人，就一直锁着从没用过。

黄张氏带着一行人来到小偏院，即便在冬日阳光的照耀下，整个院子也带着一种死气的阴沉。黄张氏故作镇定地在院子里转悠一圈，院子那些厢房都没锁，里面空荡荡的，什么东西也没有。黄张氏见没发现什么，胆子也大了点，一抬下巴，示意穿过垂花门去后院。

一进后院大家就看见那栋小楼，整个小偏院只有这小楼有门锁，黄张氏犹豫了，莫老头和几个男仆好奇心反而上来了，一个劲怂恿黄张氏开门锁，查个彻底。

宁有种乎之惊疯

二楼的门锁被打开了，推开屋门的一刹那，所有人都愣住了。

房间里窗明几净，井井有条，根本不像多年未住过人。房间迎面放一个柚木条案，上面放着香炉，左边摆着一个五彩大花瓶，里面插着一柄拂尘。房间左侧放着一张梳妆台，梳妆台旁边是一张纱帘低垂的檀木大床，空气里似乎还飘荡着淡淡的沉香。黄张氏扫了一眼梳妆台，发现上面摆着一个刻漆描金首饰盒，她大惊，快步走过去一看，正是自己前几天丢的首饰盒！前天她整理柜子发现一个首饰盒不见了，因为环儿的事情，她怕再引起恐慌，就没敢声张，没想到在这里看到。她打开盒子，里面空空如也。一股怒火顶在脑门，她快步走到床前，伸手扯开了檀木大床上的纱幔，床里的景象让屋里所有人都目瞪口呆。

那是一张超大的木床，床上被褥整齐地叠放在一边，床的中间，整整齐齐躺着七个少男少女，当然，他们不是人，都是酷似真人的木偶，描眉画眼，神情逼真，穿着鲜艳的衣裙。黄张氏认出，这些木偶就是吴老道“变”出来的那些少男少女。环儿说的湖绿色纱衫的男子也在床上。

黄张氏又转头看条案上的五彩大花瓶，认出那也是自己佛堂里的东西。看着那柄拂尘，她认出来那是吴老道的拂尘。她此刻全明白了：什么仙术，都是用我自家的东西弄出来的障眼法！吴老道就是一个妖道，潜进黄府，操纵这些玩偶去偷东西。

这时候，莫老头在房间另一个角落发现几个箱子，那箱子里面装着操纵提线木偶的工具，还有很多拨浪鼓、风筝等玩具，都破烂不堪，看来是原来房主留下的。

从小偏院出来，黄张氏命令各房进行大清点。清点后发现少了很多古玩字画，都是摆放在不常去的书房、厅堂里的，还有几个姨太太的贵重首饰也不见了，姨太太们又哭又骂，责打丫鬟不严防，丫鬟们鸣冤叫屈，黄府陷入一片混乱。

正乱着，有京城里黄朗玉的朋友快马来报，说黄朗玉犯了大案，在京城被拘押了，让家人立刻凑银子去活动。

其实黄朗玉此次被召唤进京根本不是商议盐务，是他东窗事发，朝廷诱他进京，拿住了问话。黄张氏听了这些，如同半空中打了个焦雷，吓得手脚乱颤，

宁有种乎之家乱

六神无主。幸亏管家镇定，立刻建议黄张氏拿出家里的细软，拼着倾家荡产去京城活动，一定要救老爷出来。黄张氏这才恢复清醒，也顾不得避开旁人，立刻命人去府里几处藏宝贝的地方找贵重物品。这几处地方只有黄朗玉夫妇和管家知道，其中就包括二姨太客厅博古架下面的地道。

不一会，去拿细软的家人都两手空空地回来了，说那些机密的地方都是空的，根本不见宝贝。黄张氏不信，自己亲自去查看，果然都空空如也。黄张氏一下子蒙了，她没想到吴老道连这些机密的地方也探明、搬空了。她脸色蜡黄，汗如雨下，万般无奈，只能拿出几张房契地契，吩咐管家，立刻去贱卖家里的店铺和房产。管家拿了房契地契就走，这一走再也没回来。

且说黄朗玉，他一进京城就被带到刑部看押起来。黄朗玉这些年树大招风，朝廷上下都有风闻，岳大人从海防被调回来后，听说了不少关于黄朗玉的风言风语，不由得又想起黄朗玉几年前写的那封信。岳大人觉得此人不但狂妄，而且贪婪，不除不足以明志。于是将黄朗玉的种种行为罗织在一起，参了他一本。皇上见了密折龙颜震怒，一道圣旨将黄朗玉召进京城。

黄朗玉进了刑部开始还扛着，过了一个月，没有任何人来探望他，家里也没人来赎他。在岳大人的高压下他渐渐扛不住了，供出了一些贪污受贿的事，没想到岳大人顺藤摸瓜，一下扯出了很多官吏，这时候黄朗玉想收口已经来不及了，岳大人日夜突审，案子越办越大，黑幕越问越多。

黄朗玉被关押两个多月后，一天，牢头带进来一个人。黄朗玉一听有人来看他，以为事情有了转机，连滚带爬从草铺上滚下来，扑到门口，对着来人就作揖。来人穿着一件墨绿色斗篷，脸隐在风帽的阴影里，似笑非笑，看不清是谁。黄朗玉疑惑地看着他，那人轻轻掀掉头上的风帽，原来是张副使。

黄朗玉愣了一下，显然没想到来的是他。他激动得又哭又笑，说："张老弟救我！"一把抓住张副使的手臂使劲摇晃。

张副使仍然是不阴不阳的表情。他拂去黄朗玉抓住自己的手，后退几步。黄朗玉丝毫没意识到这些动作，还一个劲地追问张副使：都去求了哪些官员？

自己到底什么时候能出去？

张副使突然把眼一瞪，喝道："黄朗玉你老实点！我不是来救你出去的。实话告诉你，你的位置我已经接替了。"

黄朗玉的话戛然而止，他愣住了，像不认识一样看着张副使。看着看着，他的脸色沉下来，低声问："是你告发的我？"

张副使答非所问，淫邪地一笑说："小依云是我叫去陪你的，还满意吧？"

黄朗玉的脸瞬间涨成了紫茄子，他猛地扑过去掐住张副使的脖子，张副使被他一下扑倒在地。但张副使反应敏捷，一翻身就将黄朗玉压在身下，骑在他身上"啪啪"就是两个耳光，接着站起身，冲着黄朗玉的肚子就踹，把黄朗玉踹得惨叫不已。

踹完黄朗玉，张副使掸掸衣服上的土，对黄朗玉说："今天索性告诉你，就为了从副转正，这个职位我活动了五年，花了不下二十万两银子，眼看快成了，没想到半路杀出个你，害我多年辛苦全部白费！你在任上这几年，我无时无刻不想取而代之，小依云是我派的，岳大人身边也有我的人，你花钱买通的那些人，现在也都成了我的人。"

黄朗玉瘫坐在地上，悲愤交加，瞪着张副使说不出话。

张副使蹲下身体，用戏弄的神情看着他，说："吴老道是我哥们儿，会些小法术，他住在你家，已经将你家埋藏细软的地方都探明、搬空了。皇上那里有人告你在家兴妖作怪，意图谋反。你的管家也被我收买了，你家的房契地契现在都在我手里，一个多月前他已经带着你的三姨太逃得无影无踪了。你家大太太病了好多日子了，现在你家已经乱成一团，树倒猢狲散了。"

黄朗玉听着，眼里渐渐蓄满了泪水，终于"哇"的一声哭出来。张副使停住话头，看着他哭。黄朗玉足足哭了一刻钟才慢慢收住，张副使蹲下身低声对他说："我来是告诉你，你现在说得太多了，再这样说下去，不但你的性命保不住，你家里人性命也难保。"说到这里，他举起食指指指头顶，说："荣公公说，少说点保命。"

黄朗玉一听，突然立起眉毛，指着张副使大骂："王八蛋，你把我害成这样，

宁有种乎之探监

还让我少说保命，我偏要说，要死大家一起死！”

张副使顿时拉下脸，站起身，冷冷地说：“你要是说了，你全家一定会死。但那些该没事的还是没事，无非多费些银子罢了。这道理你该明白。”

黄朗玉完全没听进去，他破口大骂，直到张副使转身出牢房。

入夜，牢房里一片死寂，连牢头也睡觉去了。昏黄的烛光从走廊射进房间，照着牢房草铺上的黄朗玉。他辗转反侧，一边无声地哭泣，一边咬牙切齿地说：“狗贼，我偏要告发你们，一锅端，谁都别活！”

就在他自言自语的时候，隔壁草铺上传来一声叹息：“老弟，你别跟自己过不去了。”

黄朗玉吓一跳，抬眼看，那边草铺上慢吞吞地坐起一个人，乱蓬蓬的花白胡子，破烂的黑夹袄。

这牢房里除了黄朗玉就是他，只有他们两个犯人。但黄朗玉自从进来后就没跟这犯人说过话，此刻他突然注意到自己身边还有另一个人存在。

那人看着黄朗玉，低声说：“今天来的那人说的话我都听到了。老弟，听我一句劝，按照他说的去做，否则你家人的性命真的难保。”

黄朗玉恶狠狠地问：“你怎么知道难保？”

那人长叹一声说：“我以前给别人做幕僚，我主人的官职说出来吓你一跳。官场上这一套我比你懂。你想拼个鱼死网破，但恐怕鱼死了网还没破。我劝你保护家人，也许还能保全自己的性命。”

黄朗玉坐起身子，说：“我还有命吗？”

那人点点头说：“你命不该绝，还有阳寿。”

黄朗玉一听，轱辘一下滚下床来，跪在那人床脚磕一个头，说：“望高人搭救。”

那人伸手拉起黄朗玉，微微一笑：“老弟不必多礼，你我是难兄难弟，同病相怜。我也不是高人，我姓夏，你就叫我老夏吧。”

黄朗玉冲老夏深深施礼，老夏伸手请黄朗玉坐下，黄朗玉坐到老夏身边。老夏告诉黄朗玉，“狗急跳墙”“穷寇莫追”，这是官场要诀。黄朗玉当年一定是

为了得到盐运使，用的手段太快太狠，所以才招致今日大祸。

黄朗玉一听，知道遇到了官场老手，忙追问如何才能官复原职。老夏却避开他的问题，问了他的生辰八字、出生地，又细看了他的骨相，掐算了半天说：“你不久将出狱。”

黄朗玉听了精神大振，连忙追问出狱后还会翻身吗。

老夏说：“你会平淡终老，不会再做官。”

黄朗玉听了这话，脸上露出掩饰不住的失望。老夏看了他一眼，说："黄老弟，你做官这几年，是苦大于乐，还是乐大于苦？"

黄朗玉听了这句话，皱起眉头想了半天。说实话，这些年他从没想过这个问题。现在细想起来，这些年虽然既富且贵，万人瞩目，但这其中的折磨、惊怕甚至屈辱，也不是常人所能体会的。落到今天这一步，他内心虽万分不甘，但夜深人静时躺在又脏又臭的草铺上，竟比躺在家中的熏香锦被里还要平静。时间长了，他晚上睡得比家里还香。

看见他默不作声，老夏嘿嘿一笑，说："我刚才结合你的骨相看了你的生辰八字，你的命相很奇特，你命里一直有一个人陪伴左右。他跟着你起起落落，并且跟你的命运息息相关。"

黄朗玉听到这里，笑了一声，说："那不就是我老婆吗？"

老夏摇摇头，说："不，每个人的老婆并不一定喜乐相通，也不一定互相影响。我说这个人，他跟你不是一个阶层，过的日子比你差很多，但你们一生悲欢喜乐相通，享受的痛苦和忧伤也一样多，命里的劫数和果报也完全一样。"

黄朗玉听了，迷茫地看着老夏，等待他往下说。

老夏接着说："就是说，虽然分属不同的阶层，但你们的命运是一模一样的。"

黄朗玉听完这话，语带嘲讽地说："我当大官，吃的是鲍参翅肚，穿的是绫罗绸缎。他一介平民，吃的是咸菜豆腐，穿的是破衣烂衫。怎能一样？"

老夏丝毫不介意黄朗玉的嘲讽，继续讲："兄弟此言差矣。人这辈子的喜怒哀乐不在于形式的贵贱，完全在于内心的感受。他一生经历的喜怒哀乐各占三分，你的喜怒哀乐也各占三分。一分不多一分不少。比如你吃鱼翅，他吃豆腐，但你们都感觉无比美味；你坐马车，他骑驴，但感觉都是优哉游哉。你跟这个人虽然生活在不同的环境里，但你们一生的喜怒哀乐是一样的，这就叫同命不同境。"

黄朗玉听了这话陷入沉思，过了半晌，似有所悟说："你的意思是：任凭你是高官厚禄还是贩夫走卒，吃鱼翅的喜怒哀乐，跟吃豆腐的喜怒哀乐其实没有

宁有种乎之同命不同境

半点差别，内心的感受都是一样。说到底人这一辈子，活的是心境，不是环境。是这个意思吧？”

老夏拍了一下手说：“对啊！”

黄朗玉面色平静，扭头问老夏：“你说的那位跟我同命不同境的人是谁？”

老夏说：“这个我说不好，恐怕要见了面才能知道。这个人身份低微，跟你有云泥之别，但他的命跟你的命纵横交错，互相影响，你中有我，我中有你，你们俩看似毫无共同之处，但其实息息相关，同生共死。”

黄朗玉听得倒抽一口凉气，惊疑地说：“他这样的人还能影响我的命？”

老夏淡淡地看了黄朗玉一眼，叹口气说：“这没什么奇怪的。往大里说，这世界上每个人跟他周围的人都是同命不同境。我们每个人的命运都交织在别人的命运里，别人的善举和恶举左右着我们的命运，我们的善举和恶举又反过来影响着别人。大千世界就是一张休戚相关的大网，牵一发而动全身。”

黄朗玉听了这些不再作声，神色恍惚，沉浸在深深的回忆里。

黄朗玉在监狱住到第四个月，又来了一个人探望他，这是他的厨子运财。

运财带来一个噩耗，黄张氏在上个月病死了。黄朗玉听了并不十分悲伤，只是长叹一声。

运财接着说，黄府姨太太们能逃的都逃了，下人们也另谋出路了，黄府基本空了，只有黄朗玉的二姨太带着她的一对儿女在等黄朗玉出狱。二姨太托运财来京城看望黄朗玉，于是运财带上根娃，千里跋涉来到京城。在客栈住了半个月，才打听到黄朗玉的关押地。

黄朗玉听完家里的情况，内心悲凉：想当年如花的美眷、权贵的朋友，全都烟消云散，倒是剩下这个厨子和二姨太依然跟随着自己。主仆两人相对哭泣，悲伤了很久。过了一阵，看黄朗玉渐渐收住泪水，运财将自己提来的食盒打开，拿出在客栈准备的饭菜，一碟腌芥菜拌青豆，一碟小葱拌豆腐丝，一罐小米粥。黄朗玉将粥分成两份，招呼老夏一起吃，两个人蹲在食盒旁边，就着小菜，呼噜呼噜喝着粥，无比香甜。

喝完粥，黄朗玉注意到运财的腿脚不太灵便，问怎么了，运财告诉黄朗玉，就在黄朗玉被传去京城的第二天，他发现了吴老道藏木偶的小楼，因此受到惊吓，中了邪风，在床上躺了几个月。病愈后他的左腿和左手就不太灵便了。

听他说完，黄朗玉不由得转头看看老夏，老夏眼神悠远，默不作声。

喝完粥，运财就告辞走了，说过几天再来。他走后，老夏看着黄朗玉点点头，说："就是他了。"

黄朗玉听了默不作声，回身躺在草铺上，盯着墙角的蜘蛛网，开始仔细回想运财跟着自己的这十几年。所有往事历历在目，细揣摩下来果然是跌宕起伏都跟自己相关。黄朗玉升官，运财跟着享福，黄朗玉落难，运财跟着吃苦，黄朗玉人生的每一次升降，都有运财的影子。两人唯一比较大的不同是自己有老婆，而运财没有再娶，但黄张氏跟自己缘分很浅，不但没有给自己生一儿半女，对自己的运势也没有任何影响。

就在黄朗玉细细反思的时候，老夏冷不防插了句话："从你的八字上看，你这一生被'情欲'二字所累，栽跟头的原因都跟情欲有关。你以后只要在这方面有所节制，就能避免灾祸。"

黄朗玉听了这话如梦方醒，冲着老夏连连点头称是，接着他急急地问："老哥，运财这辈子的灾祸会因什么原因而起？"

老夏淡淡一笑："他呀，别的事情犹可，唯独儿子这一关过不了。多少灾祸都是因他宠溺儿子所引起。"

黄朗玉一拍大腿，说老夏说得太对了。他问老夏能不能提醒一下运财，也好让他从此避祸。老夏摇摇头："人这辈子的劫数都是定好的，没有大变故使人顿悟，大部分人都不会猛醒和反思。你劝不了他，就如同你不进监狱我也劝不了你一样。"黄朗玉听完这话轻叹一声，点头不语。

黄朗玉在监狱待了半年，朝廷的最后判决终于下来了，黄朗玉削职为民，永不录用，家产罚没充公。黄朗玉家已经被掏空，剩下一个大宅子也给了朝廷，出狱后他孑然一身。于是跟二姨太两人带着孩子回到老家山西，二姨太变卖了首饰买了几亩薄田，一家四口靠种田度日，虽不宽裕，但安乐平静。

运财在黄朗玉入狱那些日子一直留在北京，时不时去探望。黄朗玉出狱后本想带运财和根娃一起回山西，但根娃执意留在京城，运财也只能跟着儿子留在京城，开了个小面馆维生。黄朗玉走后第二年，根娃在京城偷了一位富家公子的蛐蛐，那位富家公子带人将运财的面馆砸了，还将运财打得半死。根娃远走他乡，不知下落。运财在京城活不下去，伤势刚好转，就离开京城，投奔了黄朗玉。从此后，运财跟着黄朗玉在山西种田，平淡终老。

几十年前，在山西的一个小村庄里，黄继财的一妻一妾同时生产。妻子在上房，妾在厢房，在同一个时辰里两人都生了一个男孩。由于妻的事先安排，稳婆将妾生的男孩用一只剥皮的死猫代替，而将那男孩偷偷拿出去卖了。

妻生的男孩长大成人做了官，就是黄朗玉。妾生的男孩被卖到一个厨子家，跟着养父学了一身厨艺，他就是运财。

情不重不生娑婆，爱不深不坠轮回，作为娑婆世界不断轮回的一分子，当此生的帷幕落下，无人知道下一站是天堂还是地狱，抑或是另一场忽喜忽悲的演出。娑婆海，回头无岸。轮回业，苦旅痴缠。

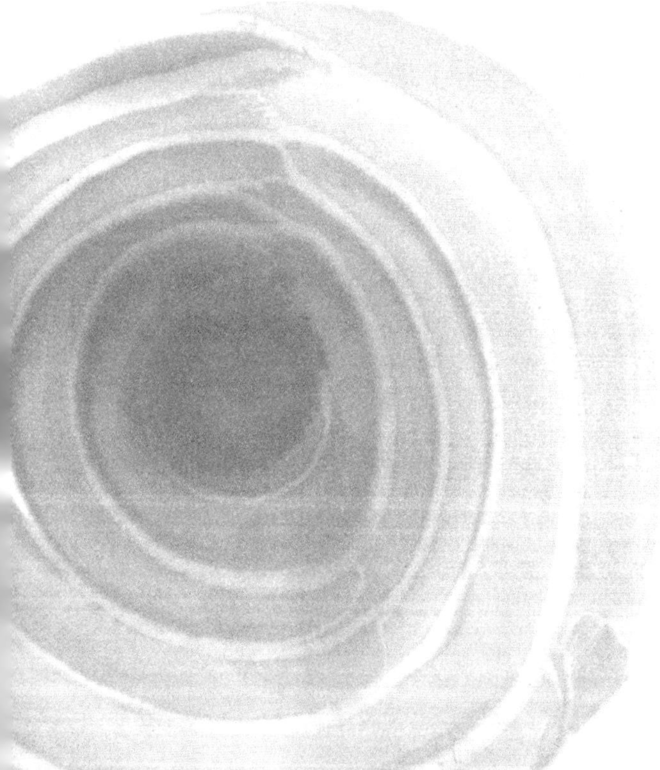